Chère Lectrice,

Septembre serait-il le mois des amours mouvementées ? Les héroïnes de votre collection Azur ne diront pas le contraire, elles qui s'évertuent à dompter des hommes plus insupportables... et irrésistibles les uns que les autres ! Qu'ils soient un peu volages, comme Sloane, l'ex-fiancé de Suzanne (Azur 1945) et Axel, le bel Espagnol que Katrina rencontre à Tenerife (Azur 1946), ou franchement inconstants, comme Ryan, le don Juan qui s'est joué de Kathryn (Azur 1949), ne leur ôte, hélas, rien de leur charme... Quant à se montrer un brin autoritaires, comme Jared face à Christie, son actrice vedette (Azur 1947), ou Daniel, qui ne sait si Margaret est *Innocente ou intrigante* (Azur 1944), c'est là un travers que vos héroïnes leur pardonnent aisément. Ne sont-elles pas, elles aussi, dotées d'un tempérament de feu ? Qu'ils soient volcaniques ne les effraient guère plus : ainsi Brianne, qui voit revenir Tyler neuf ans après son départ fracassant, lui tient-elle tête avec un aplomb qui force l'admiration (Azur 1943). Mais le pire, finalement, n'est-il pas de rencontrer un homme trop... sexy ? Sarah, aux prises avec *L'inconnu du manoir* (Azur 1948), et Morgan, qui hésite entre *Amour et désir* pour Ryler (Azur 1950), ne me démentiraient pas : certains hommes sont décidément trop beaux pour être honnêtes !

Bonne lecture !

La Responsable de collection

Noces de feu

HELEN BIANCHIN

Noces de feu

COLLECTION AZUR

*Cet ouvrage a été publié en langue anglaise
sous le titre :*
THE BRIDAL BED

Traduction française de
FABRICE CANEPA

*Toute représentation ou reproduction, par quelque procédé que ce soit, constitue-
rait une contrefaçon sanctionnée par les articles 425 et suivants du Code pénal.*
© 1998, Helen Bianchin. © 1999, Traduction française : Harlequin S.A.
83-85, boulevard Vincent-Auriol, 75013 Paris — Tél. : 01 42 16 63 63
ISBN 2-280-04649-0 — ISSN 0993-4448

1.

Décidément, cette journée s'annonçait très mal, songea Suzanne en reposant le contrat qu'elle venait de parcourir sur son bureau, où s'entassaient encore cinq dossiers en souffrance.

Tout avait commencé avec cette averse qui avait éclaté précisément au moment où elle sortait de chez elle pour gagner sa voiture. En quelques instants, elle avait été trempée de la tête aux pieds par l'une de ces pluies hivernales dont Sydney avait le secret.

Comble de malchance, sa voiture avait obstinément refusé de démarrer, la forçant à affronter de nouveau les éléments déchaînés pour appeler le garagiste. Lorsque celui-ci avait enfin pu se libérer, il lui avait annoncé avec un haussement d'épaules fataliste que la batterie était hors d'usage et qu'il devait la changer. En attendant, il avait accepté de lui prêter un véhicule — qu'elle avait dû aller chercher elle-même au garage.

Elle était donc arrivée avec près de deux heures de retard, ce que n'avait pas manqué de remarquer Brian Lumley, le patron du cabinet d'avocats dans lequel elle travaillait. Lorsqu'elle avait essayé de lui expliquer ses problèmes, il s'était contenté de lui répondre qu'elle aurait dû prendre les transports en commun. Cela lui aurait évité de rater la réunion matinale quotidienne et de faire attendre les clients avec lesquels elle avait rendez-vous.

Ces derniers paraissaient d'ailleurs aussi mécontents que son supérieur, et elle avait dû supporter un interminable chapelet de reproches indignés... Et lorsque enfin elle avait trouvé le temps de s'occuper des dossiers en cours, elle avait découvert que trois nouveaux procès lui avaient été confiés. Résignée, elle avait dû renoncer à son déjeuner et, à 14 heures, elle était toujours plongée dans l'étude d'une procédure aussi complexe qu'ennuyeuse quand le téléphone sonna, interrompant sa lecture.

— Suzanne ? fit la voix de sa secrétaire, à laquelle elle avait pourtant demandé de ne pas la déranger. J'ai votre mère en ligne. Elle dit que c'est très urgent...

— Passez-la-moi, répondit la jeune femme, surprise par cet appel inattendu.

Sa mère ne lui téléphonait jamais au bureau et, si elle faisait exception à la règle, il devait certainement s'agir de quelque problème grave...

— Maman ? Que se passe-t-il ? demanda-t-elle d'un ton inquiet dès que sa secrétaire lui eut transmis l'appel. Tu as un ennui ?

— Au contraire ! s'exclama Georgia Leimann en riant. Je n'ai jamais été aussi heureuse de toute ma vie... Et je voulais être la première à t'apprendre la nouvelle.

— Quelle nouvelle ? Tu as enfin décroché le gros lot ? demanda Suzanne en souriant.

Sa mère ne cessait d'acheter des tickets de loterie et de participer à toutes sortes de concours sans jamais obtenir la moindre récompense. Lorsque Suzanne se moquait de cette manie, sa mère lui répondait invariablement qu'un jour, elle finirait forcément par gagner dix millions de dollars...

— Exactement ! Mais ce n'est vraiment pas un lot comme les autres, ajouta sa mère en riant.

— Tu parles par énigmes, maman... Ne pourrais-tu pas être un tout petit peu plus claire ?

— C'est si nouveau que j'ai presque du mal à y croire ! Mais je voulais te dire que...

Elle parut hésiter un instant, puis, après avoir pris une profonde inspiration, elle annonça enfin la nouvelle qui lui tenait tant à cœur :

— Je vais me marier, ma chérie !

Suzanne se figea, comme frappée par la foudre. Jamais sa mère ne lui avait dit qu'elle sortait avec quelqu'un, ni même qu'elle avait rencontré un homme avec lequel elle eût envie de sortir... Bien sûr, elle avait de nombreux amis, mais Suzanne ne l'imaginait pas épouser l'un d'entre eux. Elle les connaissait depuis bien trop longtemps pour qu'une ambiguïté ait perduré durant tant d'années...

— Avec qui ? demanda-t-elle, partagée entre la joie et la stupeur.

— Trenton Wilson-Willoughby, répondit Georgia. Le père de Sloane...

— Tu n'es pas sérieuse ? s'écria Suzanne, sentant son sang se figer dans ses veines.

— Cela a l'air de te choquer...

— Disons que je suis surprise, parvint à articuler Suzanne. Tout cela est si soudain...

— L'amour est parfois ainsi fait... D'ailleurs, tu es bien placée pour le savoir. Tu t'es fiancée avec Sloane quelques semaines seulement après votre premier rendez-vous !

C'était un argument imparable, songea amèrement Suzanne. Effectivement, « quelques semaines seulement après leur premier rendez-vous », elle avait quitté Brisbane pour venir vivre avec Sloane dans l'immense loft qu'il habitait à Sydney. Là, elle avait vécu comme dans un rêve, s'abandonnant avec délices aux plaisirs de leur vie commune dans le feu d'une passion qu'elle avait trop vite crue inextinguible.

— Quand votre mariage doit-il avoir lieu ? demanda la jeune femme en priant pour que ce ne fût pas avant plusieurs semaines.

Cela lui laisserait peut-être le temps d'expliquer à sa mère qu'elle avait rompu avec Sloane...

— Ce week-end, ma chérie, répondit Georgia, au comble du bonheur.

— Tu ne penses pas que c'est un peu précipité ?

— Si... Mais Trenton est vraiment un homme très convaincant !

« Tel père, tel fils », songea Suzanne en soupirant intérieurement.

— Tu es sûre de ce que tu fais ?

— Absolument certaine ! Mais cela n'a pas l'air de t'enthousiasmer beaucoup, ajouta sa mère d'un ton de reproche.

— Si, si... Je suis ravie pour toi, balbutia Suzanne. Et où comptez-vous vous marier, exactement ?

— A Bedarra Island, dimanche... Trenton a loué l'île entière pour que nous soyons juste entre nous ! Et nous tenons absolument à ce que Sloane et toi soyez nos témoins, bien sûr. Vous partirez par l'avion de Trenton vendredi après-midi et vous pourrez rester jusqu'à lundi.

Suzanne se mordit la lèvre inférieure, faisant l'impossible pour ne pas avouer à sa mère ce qui s'était passé entre Sloane et elle. Comment aurait-elle pu gâcher sa joie en lui expliquant que leurs deux témoins ne s'étaient plus adressé la parole depuis près de trois semaines ?

En fait, tout avait commencé avec une lettre anonyme qu'elle avait reçue, un mois auparavant. La mystérieuse correspondante lui expliquait qu'elle était la maîtresse de Sloane, lui donnant des détails aussi précis que convaincants sur son fiancé. Suzanne avait tout d'abord pensé que ce n'était qu'une ex-petite amie jalouse et n'avait pas prêté attention aux menaces dont elle faisait l'objet... Jusqu'au jour où ces menaces s'étaient faites plus explicites.

Un soir, alors qu'elle revenait de son travail, une voiture avait brusquement débouché d'une rue latérale, enfonçant l'aile de son véhicule et manquant de lui faire percuter un kiosque à journaux. Suzanne avait à peine eu le temps d'apercevoir une jeune femme blonde au volant avant que la voiture ne disparaisse au détour d'une rue. De retour chez elle, elle avait trouvé sur son répondeur un message de son mystérieux agresseur qui lui promettait que, la prochaine fois, elle s'en prendrait directement à elle.

Suzanne avait voulu en parler à Sloane, mais il était alors en déplacement et elle n'avait pas voulu le déranger, se disant qu'elle parviendrait à régler elle-même ce problème... Mais c'est alors qu'elle avait découvert la trahison de son fiancé.

Sloane l'avait appelée pour lui dire qu'il reviendrait le lendemain de son voyage d'affaires et elle avait décidé de préparer un petit dîner romantique. Elle avait donc quitté son travail assez tôt et gagné le centre commercial pour faire quelques courses. Et là, en passant devant une boutique de vêtements pour femmes, elle avait aperçu Sloane.

Stupéfaite, elle était restée figée, comprenant soudain qu'il lui avait menti. Et, à cet instant, comme pour confirmer ses doutes, la jeune femme blonde qui avait embouti sa voiture était sortie de l'une des cabines d'essayage. Sloane l'avait regardée en souriant d'un air satisfait tandis qu'elle tournait autour de lui pour lui montrer la magnifique robe de soie blanche qu'elle venait d'enfiler.

A travers la vitrine, Suzanne les avait observés, blême, incapable de détourner les yeux du couple, réalisant combien elle avait été stupide de faire confiance à Sloane. Partagée entre la colère et une terrible déception, elle avait regardé Sloane payer la robe de la jeune femme et tous deux étaient sortis du magasin, devisant gaiement sans même l'apercevoir.

En larmes, elle était rentrée aussitôt à l'appartement et avait fait sa valise. Avant de partir, elle avait rédigé un mot aussi succinct que définitif : « J'ai réfléchi et je crois que nous ne sommes pas faits pour vivre ensemble. Je sais que tu n'auras pas trop de mal à te faire consoler de mon départ, et je regrette juste de ne pas l'avoir compris plus tôt. Oublie-moi vite et je tâcherai d'en faire autant. N'essaie surtout pas de m'appeler. Suzanne. »

Durant les semaines qui avaient suivi, elle avait désespérément tenté de reconstruire sa vie sur les cendres encore brûlantes de son bonheur fugitif, s'efforçant vainement d'oublier les espoirs qu'avaient fait naître en elle ses brèves fiançailles avec Sloane.

Celui-ci l'avait appelée deux fois au bureau mais elle avait refusé de répondre et il avait fini par abandonner, sans même chercher à la voir. Ce manque d'insistance avait suffi à balayer les derniers doutes que conservait la jeune femme, et elle s'était résignée, noyant sa déception dans le travail.

Et voilà que sa mère comptait épouser le père de Sloane... Si elle n'en avait pas été la victime, Suzanne n'aurait certainement pas manqué de trouver tragiquement drôle ce coup du sort aussi inéluctable qu'imprévisible. Malgré toute sa détermination, elle serait forcée de revoir Sloane...

Après avoir longuement réfléchi, Suzanne décida de prendre l'initiative et d'appeler Sloane au cabinet d'avocats où il travaillait. Mais sa secrétaire lui indiqua qu'il était à la cour pour une plaidoirie et qu'il la rappellerait dès que possible. Cette attente ne fit qu'exaspérer un peu plus la jeune femme, qui avait hâte d'en finir au plus vite.

Durant le reste de l'après-midi, elle parvint à peine à se concentrer sur ses dossiers, reprenant à plusieurs reprises des conclusions que, d'ordinaire, elle aurait rédigées sans aucune difficulté.

La pensée qu'elle devrait passer un week-end entier en compagnie de Sloane la minait, ravivant des souvenirs qu'elle avait désespérément tenté d'effacer durant les semaines précédentes.

Elle se rappelait les bons moments qu'ils avaient vécus ensemble et cela ne rendait que plus cruelle sa douleur face à l'ultime trahison de son fiancé. Jamais elle n'avait aimé un homme autant que lui, et jamais elle ne s'était sentie aussi affectée par une rupture. Et voilà que sa propre mère remuait malgré elle le couteau dans une plaie encore béante...

Elle décida cependant de se remettre au travail et vers 18 heures, elle était plongée dans l'étude d'un dossier terriblement complexe lorsque le téléphone sonna enfin.

— Sloane Wilson-Willoughby demande à vous parler, fit la voix de sa secrétaire. Dois-je lui dire que vous êtes occupée ?

— Non, répondit Suzanne, qui sentit aussitôt son cœur s'emballer. Passez-le-moi, ajouta-t-elle en luttant pour reprendre le contrôle de ses émotions.

Elle perçut un cliquetis tandis que la ligne basculait.

— Allô, Suzanne ?

En entendant la voix de Sloane, la jeune femme frémit malgré elle. Il parlait d'un ton grave et posé, légèrement rauque, qui ne laissait aucune femme indifférente et éveillait chez ses interlocutrices un trouble irrésistible, ouvrant pour elles un monde de promesses et de sensualité. C'était cette voix qui, la première, avait fasciné Suzanne au point de lui faire perdre tout sens critique, toute raison...

— Sloane, murmura-t-elle, terriblement mal à l'aise. Comment vas-tu ?

— J'ai parlé à ta mère, déclara Sloane sans prendre la peine de répondre à cette question aussi formelle que vide de sens. Et, si j'en crois ton appel, je suppose qu'elle t'a mise au courant...

— Oui..., fit Suzanne, hésitante. Il faut que nous parlions, ajouta-t-elle d'un ton plus décidé.

— Je suis d'accord. Retrouvons-nous au Paston, vers 20 heures, pour dîner.

— Je ne pense pas...

— Tu préfères peut-être que nous nous voyions chez toi ? l'interrompit Sloane d'une voix très dure.

— Va pour le Paston, soupira-t-elle à contrecœur. 20 h 30...

— Voilà une sage décision, ironisa Sloane avant de raccrocher.

D'une main légèrement tremblante, Suzanne reposa le combiné, maudissant une fois de plus Sloane et son séducteur de père.

✳✳

A 20 h 30 précises, Suzanne arriva au restaurant où l'attendait Sloane. Lorsqu'il la vit entrer, il ne put s'empêcher d'admirer sa silhouette mince et pourtant si sensuelle. Elle avait choisi une robe rouge qui soulignait encore sa grâce naturelle, suggérant chacune des courbes délicieuses de ce corps qu'il avait tenu entre ses bras, qui s'était offert à ses caresses au cours des nuits qu'ils avaient partagées...

Ses longs cheveux blonds étaient ramenés en chignon, lui donnant un air à la fois sévère et fragile, terriblement désirable. Admirant une fois de plus la douceur de sa bouche, que contredisait l'éclat dur de ses yeux bleus couleur de glacier, il se demanda une fois de plus pourquoi elle était partie.

Il n'avait pas cru un mot de la lettre qu'elle lui avait laissée avant de disparaître de sa vie aussi brusquement qu'elle y était entrée. Sur le moment, il avait songé qu'elle avait dû rencontrer quelqu'un d'autre, mais il n'avait pas tardé à découvrir qu'il n'en était rien.

Non, elle avait purement et simplement disparu de sa vie, rompant leurs fiançailles sans même une explication. Et cela, il ne le lui pardonnerait jamais...

Lorsque Suzanne pénétra dans le hall du restaurant, elle aperçut aussitôt Sloane, confortablement assis dans l'un des profonds fauteuils de cuir, lisant le journal. Dès qu'il la vit, il se leva pour venir à sa rencontre, la fixant avec une intensité qui lui fit presque peur.

Comment avait-elle pu accepter de le revoir? C'était une folie qu'elle ne manquerait pas de regretter amèrement... Déjà, elle sentait les battements de son cœur s'emballer à la vue de l'homme qu'elle avait tant aimé. Sa simple présence était une tentation bien trop insupportable.

Comment une femme aurait-elle pu résister à pareil homme ? Son costume noir et très strict révélait une stature d'athlète, lui rappelant cruellement toutes les fois où elle l'avait contemplé, nu, allongé auprès d'elle, abandonné au sommeil. Aurait-elle pu oublier le contact si sensuel de ses cheveux noirs et la caresse de son regard sur sa peau brûlante ? Chacun de ses gestes éveillait en elle mille souvenirs douloureux, mille impressions qu'elle avait essayé d'effacer à jamais de sa mémoire.

Puis elle songea à sa trahison, à la femme blonde qui avait failli la tuer, à ses mensonges... Et ces pensées l'aidèrent à recouvrer quelque peu le contrôle d'elle-même. Il fallait qu'elle soit forte, qu'elle n'oublie pas que, sous les traits d'un ange, Sloane cachait une âme pervertie.

— Suzanne, dit Sloane d'un ton emprunt d'ironie. Tu as mauvaise mine... Est-ce le fait de vivre sans moi ou simplement l'excès de travail ?

— Tu vas aussi me demander si je n'ai pas perdu du poids ? répliqua-t-elle froidement.

— Je n'ai pas besoin de te le demander, dit-il en souriant. Je te connais assez bien pour savoir que tu as minci... Deux ou trois kilos... Mais ne t'en fais pas : tu es toujours aussi ravissante ! ajouta-t-il en lui caressant doucement la joue.

— C'est l'avocat qui parle, je suppose, grommela Suzanne en frémissant malgré elle à ce contact.

— Non, l'amant...

— L'ancien amant !

— C'est juste. Mais ce n'est pas moi le responsable, au cas où tu l'aurais oublié...

16

Suzanne repoussa sa main, refusant de se prêter à un jeu qu'elle jugeait bien trop dangereux pour elle.

— Où est notre table ? demanda-t-elle sèchement.

— Tu ne préfères pas que nous buvions un verre ensemble avant de dîner ? Pour fêter nos retrouvailles inattendues...

— Je ne me sens pas d'humeur à faire la fête ! Et je dois rentrer tôt.

— Ton patron te fait trop travailler, déclara Sloane en haussant les épaules. A moins que ce ne soit qu'un prétexte fallacieux pour te débarrasser de moi ?

— J'ai des dossiers en retard, c'est tout...

En silence, ils se dirigèrent vers l'ascenseur qui conduisait à la salle de restaurant proprement dite, située sur le toit de l'immeuble. Suzanne s'efforça d'oublier la troublante proximité de Sloane, luttant contre les souvenirs qu'éveillait en elle la simple odeur de son eau de toilette. Mais les images revenaient par vagues, si présentes... Le corps de Sloane contre le sien, pendant l'amour, sa bouche brûlante qui dessinait sur sa peau des arabesques de feu, ses baisers qui faisaient naître au creux de son ventre un frémissement de désir...

De toute la force de sa volonté, elle tenta de chasser ces pensées, se contraignant à se rappeler quel genre d'homme il était vraiment. Elle se répéta qu'elle ne lui laisserait jamais deviner l'attirance incoercible qu'il continuait d'exercer sur elle. Il lui fallait être forte, imperturbable...

La table que Sloane avait réservée se trouvait un peu à l'écart des autres convives et tous deux s'installèrent. Un serveur vint aussitôt prendre leur commande, offrant à Suzanne une diversion aussi brève que bienvenue.

— Veux-tu que nous discutions poliment comme deux étrangers ou pouvons-nous directement passer au sujet qui nous préoccupe ? demanda alors Sloane.

— C'est toi qui as souhaité que nous dînions ensemble, remarqua Suzanne en haussant les épaules avec une indifférence affectée.

— Et que voulais-tu que je fasse d'autre ? Que je te donne rendez-vous à l'aéroport comme si tout ceci était la chose la plus naturelle du monde ?

— Cela aurait suffi, je pense...

Le serveur leur apporta alors le vin, qu'il leur servit. Sloane porta son verre à ses lèvres, le dégustant avec un plaisir évident. C'était l'un des traits de sa personnalité qui avait séduit la jeune femme lorsqu'elle l'avait rencontré : il savait apprécier tous les plaisirs de la vie en expert, qu'il s'agisse de vin, de bonne chère ou d'art. Malheureusement, elle avait découvert à ses dépens que ce goût s'étendait aussi aux femmes...

— Pourquoi n'as-tu jamais donné suite à mes messages ? demanda Sloane en reposant son verre pour la regarder droit dans les yeux.

— Je n'en voyais pas la nécessité, répondit-elle sans détourner le regard. Mais nous sommes ici pour discuter du mariage de nos parents, pas pour rédiger la nécrologie de notre relation...

— De notre relation ? s'exclama Sloane d'une voix très douce où couvait pourtant un feu meurtrier. Dois-je te rappeler que nous étions fiancés ?

— Ecoute, Sloane, j'ai eu une journée difficile et je n'ai aucune envie de jouer au chat et à la souris avec toi, ce soir. Nos fiançailles sont rompues, un point c'est tout ! Maintenant, discutons de ce mariage entre adultes.

— Ne t'énerve pas, fit Sloane d'une voix apaisante. Nous n'en sommes encore qu'à l'entrée... Si nous abordons tout de suite le sujet, j'ai peur que nous n'ayons plus rien à nous dire au milieu du plat principal ! Alors, raconte-moi plutôt ta journée...

— Cela t'intéresse-t-il vraiment ou est-ce juste un moyen de détourner la conversation ? demanda-t-elle sèchement.

— Eh bien... Il y a un peu des deux, sans doute.

Suzanne serra les dents, exaspérée par le détachement apparent de Sloane. Mais elle ne pouvait se permettre de céder à l'agacement. Elle était bien trop peu sûre d'elle-même pour se laisser déstabiliser encore davantage par la colère...

— Je préférerais que nous parlions de ce week-end à Bedarra Island, déclara-t-elle froidement.

— Allons, Suzanne... Cela fait tellement long-temps que nous ne nous sommes pas vus... Tu peux au moins me raconter ta journée, comme tu le faisais autrefois.

Avec un soupir exaspéré, la jeune femme renonça à lutter. Elle savait parfaitement que Sloane ne la laisserait pas en paix tant qu'elle ne lui aurait pas donné satisfaction. Et, après tout, s'il tenait tant à connaître les détails de la journée sordide qu'elle venait de passer, il n'y avait aucune raison de ne pas lui donner satisfaction.

Tandis que le serveur leur apportait leurs entrées, elle narra donc par le menu à son compagnon la série de mésaventures qui lui étaient arrivées le matin même.

— Si tu veux, je pourrais mettre l'une de mes voitures à ta disposition le temps que la tienne soit réparée, suggéra Sloane.

— Il n'en est pas question !

— Mais cela ne me dérange pas du tout, je t'assure...

— C'est moi que cela dérange.

— Tu ne veux rien me devoir, c'est ça ? demanda Sloane avec une pointe d'amertume dans la voix. Mademoiselle a sa fierté ?

— Non. J'essaie juste d'avoir de la suite dans les idées : je suis partie et je n'ai plus rien à te demander...

— Mais tu ne m'as rien demandé. C'est moi qui t'ai proposé de prendre l'une de mes voitures...

— Cela revient au même et tu le sais parfaitement !

— Ce que je sais, c'est que ta fierté est complètement déplacée.

— Arrête de toujours me dire ce que je dois faire ou ne pas faire ! Tu n'es pas ma mère !

— Dieu m'en garde !

— Qu'est-ce que c'est censé vouloir dire ? demanda la jeune femme avec une pointe d'agressivité dans la voix. Ma mère n'est peut-être pas assez bien pour la famille Wilson-Willoughby ?

— Je voulais juste dire que j'étais heureux de ne pas être ta mère... D'ailleurs, je t'avoue que je serais parfaitement incapable d'adopter un comportement maternel à ton égard, ajouta-t-il sur le ton de la confidence.

— Ce genre de sous-entendu scabreux me semble relativement déplacé. D'autant plus que je suis certaine que tu n'as eu aucun mal à me remplacer... Toutes les femmes te courent après et ne rêvent que de sortir avec le très beau et très fortuné Sloane Wilson-Willoughby!

— Ce n'est pas avec moi qu'elles veulent sortir, objecta Sloane. C'est avec l'argent de ma famille... Ce qui les attire, ce n'est pas ce que je suis mais mon appartement, mes voitures de sport, notre maison familiale sur la côte, le yacht et l'avion privé.

— Je pense que tu es trop cynique...

— Je suis juste réaliste.

Ils continuèrent de manger en silence. Le plateau de fruits de mer qu'avait commandé Suzanne était délicieux, mais hélas, elle ne parvenait pas réellement à l'apprécier, troublée par la présence de Sloane et inquiète à l'idée de passer un week-end entier en sa compagnie. Son compagnon, en revanche, mangeait avec appétit, apparemment peu préoccupé par cette perspective.

— Que penses-tu de ce mariage? demanda-t-elle enfin lorsque le serveur leur apporta le plat principal.

— Georgia est une femme charmante et je suis certain qu'elle saura rendre mon père heureux.

— Je suis d'accord... Et je suis ravie pour elle : ton père est vraiment un homme exceptionnel.

— Bien... Dans ce cas, il ne nous reste plus qu'à savoir ce que nous allons faire. Parce que nos parents sont convaincus que nous sommes toujours fiancés et que nous vivons une période de félicité sans nuage... Il nous faut prendre une décision : soit nous choisissons de tout leur dire au risque de gâcher leur bonheur, soit nous faisons semblant d'être toujours ensemble l'espace d'un week-end. C'est à toi de choisir, Suzanne.

La jeune femme le regarda attentivement. Il avait parlé d'une voix froide, presque professionnelle, comme s'il se trouvait en face d'un jury d'assises. Malheureusement, en cet instant, ce n'était pas tant l'avocat brillant que l'amant passionné qu'elle voyait en lui. L'image de son corps nu la hantait et elle pouvait presque sentir sur sa peau ses baisers frémissants, et ses caresses qui savaient faire naître en elle une passion sans bornes.

Elle avait cru pouvoir l'oublier, se débarrasser de ces souvenirs aussi plaisants qu'amers pour refaire sa vie. Mais, en rencontrant Sloane de nouveau, elle comprenait que la passion qu'il lui avait inspirée n'avait pas disparu, malgré la certitude qu'elle avait à présent de ne pouvoir lui faire confiance...

Plus que jamais, elle redoutait de passer un week-end en sa compagnie, craignant que sa simple présence ne ranime la douleur qu'il lui avait infligée en trahissant leur amour. Mais comment pourrait-elle lui résister s'il se mettait en tête de jouer le jeu jusqu'au bout et de profiter de la situation pour se servir d'elle une nouvelle fois ?

D'un autre côté, elle ne pouvait risquer de gâcher le bonheur de sa mère en refusant d'assister à la cérémonie...

— Serait-il possible de faire l'aller-retour pour Bedarra dans la journée ? demanda-t-elle avec espoir.

— Non, la distance est trop importante. Nous arriverions pour repartir...

— Dans ce cas, nous pourrions arriver le samedi matin et repartir le dimanche soir, suggéra-t-elle.

— Pas question : mon père et Georgia seraient si déçus... D'autant que ta mère sera sans doute très tendue. Elle aura besoin de ton soutien avant le mariage.

Suzanne hocha la tête, forcée d'admettre qu'il avait raison.

— Mais cela ne nous empêche pas de repartir le dimanche.

— Tu as donc si peur de ma compagnie?

— Non. Mais je préfère que nous nous voyions le moins longtemps possible, reconnut-elle.

Rejetant la tête en arrière, Sloane éclata d'un rire empli d'ironie.

— Qui aurait cru que la jeune fiancée passionnée se changerait si vite en bloc de glace? fit-il, amer. Ecoute, Sue, reprit-il d'une voix glaciale, que tu le veuilles ou non, je compte rentrer lundi matin. Alors ne te conduis pas comme une enfant: c'est toi qui as décidé de me quitter et je ne suis pas plus réjoui que toi par la perspective de passer un week-end en ta compagnie. Mais j'ai bien l'intention que mon père ne se doute de rien parce que je ne tiens absolument pas à gâcher le plus beau jour de sa vie!

— Tu essaies simplement de rendre les choses plus difficiles, objecta Suzanne.

— Non. Mon père a pris des dispositions pour que nous puissions faire l'aller-retour pour Bedarra Island et je ne vois pas l'intérêt de tout changer simplement parce que ma compagnie te déplaît...

— Ces messieurs-dames souhaitent-ils prendre un dessert? suggéra alors le serveur, qui venait de débarrasser leurs assiettes.

Heureuse de cette diversion providentielle, Suzanne se concentra sur le menu et choisit un fondant au chocolat et aux fraises.

— Tu essaies de rattraper tes kilos perdus? ironisa Sloane en regardant le plat copieux que le serveur plaça bientôt devant elle.

— Quelques kilomètres de jogging et il n'y paraîtra plus, dit-elle sans pouvoir retenir un sourire.

— Je pourrais te proposer un sport bien plus intéressant, répondit Sloane avec un sourire sarcastique.

— Je suppose que tu veux parler de sexe ? demanda Suzanne en le regardant droit dans les yeux. Dois-je te rappeler que nous ne sommes plus ensemble ? Sors, amuse-toi, profite de ta vie de célibataire, ce sera bien mieux pour nous deux.

— Pourquoi donc irais-je chercher ailleurs ce que tu m'offrais avec tant de générosité ? railla Sloane. Après tout, ce n'est pas moi qui ai décidé de mettre fin à notre liaison... Et je dois avouer que je ne comprends toujours pas pourquoi tu l'as fait : tu ne semblais pas malheureuse lorsque nous faisions l'amour...

Suzanne détourna les yeux, sentant ses joues s'empourprer. Comment aurait-elle pu nier qu'il disait vrai ? Sloane était un amant merveilleux et il le savait parfaitement...

— Disons simplement que je me suis lassée, déclara-t-elle, ravie de le voir pâlir sous l'effet de la colère. Mais parle-moi plutôt de vendredi : à quelle heure partons-nous ?

— A 8 heures, répondit-il sèchement.

— Bien. Je te retrouverai à l'aéroport.

— Je passerai te chercher...

— Cela ne sert à rien : ton appartement est plus près de l'aéroport que le mien et cela te ferait faire un aller-retour inutile...

— Cela ne me dérange pas, insista Sloane.

— Si tu tiens tant à me servir de chauffeur, je ne m'en plaindrai pas. Mais il vaut mieux que je passe chez toi vers 7 h 15. Nous irons ensemble à l'aéroport.

— D'accord, concéda Sloane.

Il demanda l'addition et la régla avant de raccompagner la jeune femme jusqu'à la porte du restaurant. Là, ils se séparèrent — mais, lorsque Sloane lui souhaita un bon repos, Suzanne eut l'étrange pressentiment qu'elle ne dormirait guère, cette nuit-là...

2.

La journée de jeudi s'écoula pour Suzanne à une vitesse fulgurante. Ayant obtenu sans problèmes les deux jours de congé qu'elle avait demandés, elle ne voulait pas partir avant d'être parfaitement à jour. La jeune femme travailla donc sans relâche, concluant les dossiers les plus urgents, déléguant ceux qui ne pouvaient être laissés en souffrance, reportant les rendez-vous qu'elle avait pris pour le vendredi et le lundi...

Sans même s'en rendre compte, elle passa donc la journée au cabinet, oubliant même de déjeuner. Ce n'est que vers 19 h 30 qu'elle quitta finalement son bureau pour rentrer chez elle. Là, elle passa près d'une heure à préparer ses bagages. Bien sûr, elle n'avait pas besoin d'emporter beaucoup de vêtements pour quatre jours, mais elle savait qu'il lui fallait les choisir avec soin.

Les invités des Wilson-Willoughby appartenaient à un autre monde : un monde qui déclinait sa garde-robe aux noms des marques les plus prestigieuses de la haute couture. Elle ne pouvait pas se permettre de faire honte à sa mère en s'habillant avec la décontraction qu'elle affectait d'habitude dans ses tenues...

Après s'être préparé un dîner léger, Suzanne alluma la télévision, cherchant en vain un film qui pourrait détourner ses pensées du week-end à venir. Mais elle ne parvenait pas à se concentrer sur l'histoire, ne cessant de repenser à la conversation qu'elle avait eue avec Sloane. Il s'était montré si insaisissable : tour à tour séducteur et froid, sympathique et méprisant...

Comment se conduirait-il durant les quelques jours qu'ils allaient passer ensemble ? Se contenterait-il de jouer le jeu vis-à-vis de leurs parents, ou essaierait-il de lui faire payer son départ précipité ? Elle le savait fier et ne doutait pas qu'il eût pris leur rupture comme un affront terrible...

Avec un soupir, Suzanne éteignit le téléviseur — qu'elle ne regardait même plus —, hantée par ces incessantes questions. Elle décida de prendre une douche, songeant que cela l'aiderait peut-être à se détendre...

Malheureusement, il n'en fut rien. Au contraire : en sortant de la salle de bains, elle se sentait parfaitement réveillée et plus angoissée que jamais. Elle se coucha cependant, se forçant à chercher l'oubli dans un sommeil réparateur, mais rien n'y fit. Après s'être retournée une bonne dizaine de fois dans son lit, elle renonça et regagna le salon. Là, elle ralluma la télévision et commença à regarder un film dont elle ne vit jamais la fin...

Le générique des informations du matin réveilla Suzanne en sursaut. Elle se trouvait toujours allongée dans le canapé du salon, devant la télévision allumée. Il était près de 6 heures et les programmes venaient de reprendre, la tirant d'un sommeil sans rêve.

Avec un gémissement douloureux, la jeune femme se leva et s'étira avant de jeter un coup d'œil à sa montre... Elle fut tentée d'aller se recoucher mais se souvint soudain qu'elle avait rendez-vous avec Sloane à 7 h 15. Résignée, elle se dirigea donc vers la cuisine, où elle se prépara un café corsé.

Gagnant ensuite sa chambre, elle s'habilla, choisissant un ensemble à la fois élégant et décontracté qu'elle avait acheté quelques jours auparavant. Elle se maquilla légèrement d'une touche de mascara et d'un soupçon de rouge à lèvres, puis elle se coiffa, renonçant à attacher ses longs cheveux dorés.

Après avoir vérifié qu'elle n'avait rien oublié, elle prit le sac qu'elle avait préparé la veille et quitta la familiarité réconfortante de son appartement pour aller retrouver Sloane.

Tout en roulant en direction du port, Suzanne songeait à l'étrange week-end qu'elle s'apprêtait à passer. Sa mère était tombée amoureuse du père de son propre fiancé tandis qu'elle-même quittait Sloane... Il y avait là une ironie amère, comme si le destin avait voulu lui jouer un mauvais tour et se venger ainsi du bonheur éphémère que lui avaient apporté ses fiançailles.

Alors qu'elle approchait du lotissement où se trouvait l'appartement de Sloane, la jeune femme sentit une terrible nostalgie l'envahir. Les souvenirs de leur vie commune affluaient, lui rappelant cruellement combien elle l'avait aimé. La simple vue du quartier où elle avait vécu durant ces quelques mois était un véritable supplice et elle fut tentée de faire demi-tour.

Mais, bien sûr, c'était absolument impossible. Sa mère comptait sur elle, sur son soutien, et jamais elle ne comprendrait que sa propre fille refusât s'assister à son mariage...

Longeant les demeures magnifiques qui se dressaient de chaque côté de la rue bordée d'arbres, Suzanne atteignit enfin l'immeuble de Sloane. La simple vue du bâtiment accrut encore le sentiment de malaise qu'elle éprouvait, mais elle se força à l'ignorer.

Sur le parking étaient garées plusieurs voitures de luxe dont la Jaguar de Sloane. Ce dernier, nonchalamment adossé à la carrosserie rutilante du véhicule, attendait tranquillement la jeune femme. Il avait troqué le costume trois-pièces qu'il portait d'ordinaire pour aller travailler contre un ensemble aussi chic que décontracté. Son pantalon beige et sa chemise immaculée impeccablement repassés soulignaient sa carrure de sportif tout en renforçant la distinction naturelle qui semblait émaner de lui. Le cœur serré, Suzanne coupa le contact et se dirigea vers lui.

Lorsqu'il vit Suzanne descendre de voiture, Sloane se leva et s'approcha d'elle, un sourire aux lèvres. Il remarqua aussitôt les cernes qui soulignaient les grands yeux bleus de la jeune femme. Apparemment, elle avait eu autant de mal que lui à trouver le sommeil, la nuit précédente... Cette pensée le réconforta quelque peu et il détailla d'un air assuré la silhouette mince et élégante de celle qui, durant quelques mois, avait été sa fiancée.

— Bonjour, le salua-t-elle, apparemment gênée par ce regard insistant. J'espère que je ne suis pas trop en retard...

Sloane haussa les épaules et prit le sac de voyage qu'elle tenait à la main pour le mettre dans le coffre de la Jaguar. Elle prit place dans le coupé luxueux et il s'installa au volant.

— Nous allons directement à l'aéroport, expliqua-t-il tandis que la Jaguar remontait vers le centre-ville. Nous ferons un arrêt à Brisbane pour prendre mon père et Georgia au passage...

— Je pensais que ton père était à Sydney, remarqua Suzanne sans le regarder en face.

— Non... Il a préféré passer la semaine en compagnie de ta mère. Peut-être craignait-il qu'elle ne change d'avis au dernier moment, comme certaines personnes que je connais...

Pour la première fois depuis le coup de téléphone inattendu de Georgia, Suzanne réalisait vraiment que sa mère était sur le point de se remarier. Jamais la jeune femme n'avait pensé que cela pût se produire. En fait, elle ne se souvenait pas même d'avoir déjà vu Georgia en compagnie d'autres hommes.

Contrairement à la plupart des filles de mères célibataires, elle n'avait jamais connu la traditionnelle succession des oncles de passage, des amis d'un soir... Pendant des années, Georgia s'était consacrée exclusivement à l'éducation de sa fille et à son métier de créatrice de haute couture.

Toutes deux avaient vécu l'une pour l'autre, devenant des amies inséparables autant que les seuls membres d'une famille amputée. Pourtant, Georgia aurait pu aisément se remarier : à quarante-sept ans, elle était toujours très belle et les hommes se retournaient souvent sur son passage. Blonde, avec de grands yeux bleus rieurs et une silhouette svelte et gracieuse, elle avait dû faire chavirer bien des cœurs... D'autant que c'était l'une des personnes les plus gentilles et les plus agréables du monde.

Plus que toute autre, elle avait mérité ce qui lui arrivait aujourd'hui, songea Suzanne en souriant. Et la jeune femme se jura de nouveau que rien ne viendrait ternir le bonheur de sa mère.

— De Brisbane, nous gagnerons directement Dunk

Island, reprit Sloane après un long silence. Là, nous prendrons le bateau pour Bedarra...

Brusquement tirée de ses pensées, Suzanne hocha la tête sans répondre. Elle se concentra sur le paysage qui défilait autour d'eux. La circulation était assez dense et il leur fallut plus d'une demi-heure pour atteindre l'aéroport.

Sloane se gara devant le terminal des vols intérieurs et se tourna vers sa compagne.

— Tu oublies quelque chose, lui dit-il en lui prenant la main.

Malgré elle, Suzanne frémit à ce contact. Sloane ne parut pas s'en apercevoir et lui passa au doigt la bague de fiançailles qu'il lui avait offerte et qu'elle avait laissée sur la table de son appartement, quelques semaines auparavant.

— Trenton et Georgia seraient surpris si tu ne la portais pas, remarqua-t-il d'un ton vaguement cynique.

— Je n'y avais pas pensé, reconnut-elle en regardant l'anneau d'un air incertain. Mon Dieu ! ajouta-t-elle avec un soupir résigné. Nous allons avoir du mal à ne pas nous trahir durant tout un week-end...

— C'est vrai, répondit simplement Sloane. Il va pourtant falloir nous montrer convaincants.

— Oui... J'espère juste que tu ne comptes pas... surjouer.

— Surjouer ? répéta Sloane, feignant de ne pas comprendre.

— Je suggère que nous limitions nos... contacts physiques au strict nécessaire, expliqua-t-elle, passablement mal à l'aise.

— Pourquoi, Suzanne ? demanda-t-il d'une voix de velours. Est-ce que tu as peur de moi ? Ou peut-être de toi-même ?

— Non, pas du tout ! s'exclama-t-elle en affrontant courageusement l'éclat de son regard moqueur.

— Peut-être le devrais-tu, répliqua-t-il très doucement.

Suzanne sentit un frisson la parcourir. Plus que jamais, la présence de Sloane la troublait, éveillant en elle un désir qui se mêlait d'angoisse. Une fois de plus, elle se demanda si le jeu en valait la chandelle, s'il ne valait pas mieux appeler sa mère et tout lui avouer...

— Nous ne pouvons pas décevoir nos parents le jour de leur mariage, déclara Sloane, comme pour répondre à ses doutes.

— Tu lis dans les pensées ? lui demanda-t-elle, ironique.

— Les tiennes sont assez faciles à deviner, répondit-il en haussant les épaules d'un air indifférent.

Ce n'était pas la première fois qu'il faisait preuve d'une pareille intuition. En fait, Sloane paraissait deviner la moindre de ses idées, parfois même avant qu'elle ne les ait formulées clairement pour elle-même.

Lorsqu'ils vivaient ensemble, cela avait souvent été un sujet de plaisanterie entre eux mais, désormais, cela mettait Suzanne affreusement mal à l'aise. Elle se demanda soudain s'il avait également deviné le désir qu'il lui inspirait toujours et pria pour qu'il n'en fût rien.

Sur l'une des pistes secondaires de l'aéroport les attendait le jet privé marqué du double W des Wilson-Willoughby. Sloane s'entretint avec le pilote tandis que le copilote s'emparait de leurs bagages pour les placer dans l'appareil. Suzanne le suivit à l'intérieur, frappée par le luxe de l'appareil.

Une charmante hôtesse l'accueillit tandis que Sloane

montait à son tour à bord et s'installait auprès d'elle. Au bout de quelques minutes, l'avion commença à rouler sur la piste et, bientôt, ils s'élevèrent dans le ciel d'azur. Suzanne regarda s'éloigner les tours de Sydney, qui disparurent derrière eux.

L'hôtesse vint alors leur servir du café et du jus de fruits, et Suzanne se tourna vers Sloane qui était resté silencieux, apparemment plongé dans ses pensées.

— Tu n'as pas apporté de travail ? demanda-t-elle. Pas de papiers à régler ?

— Si, mais je les ai laissés dans la soute. J'ai décidé de m'accorder une petite pause...

— Tu sais, je ne verrais aucune objection à ce que tu travailles, remarqua-t-elle d'un ton parfaitement détaché.

— Cela t'éviterait d'avoir à me faire la conversation, je suppose...

— Comment as-tu deviné ? demanda-t-elle avec un sourire d'une insolente candeur.

— Je pense pourtant que nous devrions discuter pour nous accorder sur ce que nous avons fait ensemble, ces derniers temps... Il ne faudrait pas que nous nous coupions à longueur de journée devant nos parents !

Repensant à ces quelques semaines, Suzanne retint un soupir : solitude, ennui, frustration... C'étaient les mots qui qualifiaient le mieux ce qu'elle avait éprouvé. Des journées de travail acharné et de longues nuits solitaires...

Par comparaison, sa vie avec Sloane paraissait une véritable débauche de sorties au restaurant, au cinéma, dans des fêtes aux quatre coins de la ville. Et ils avaient passé une bonne partie de leurs nuits à faire l'amour, partageant un plaisir sans cesse renouvelé.

— Alors ? fit Sloane, la tirant brusquement de sa rêverie.

— Bien sûr, dit-elle en se forçant à lui sourire. Tu as raison...

Elle nomma donc deux films qu'elle avait vus et lui raconta brièvement leur histoire.

— Et toi ? demanda-t-elle ensuite. Je suppose que tu n'as pas arrêté de sortir...

— J'ai décliné une invitation à dîner chez les Parkinson parce que tu avais une migraine terrible...

— Et le reste du temps ?

— Nous avons dîné en amoureux et nous sommes restés à la maison.

Au souvenir de ces soirées en tête à tête, Suzanne sentit son cœur battre plus fort. Elle se rappela leurs repas coquins, les caresses qu'ils échangeaient, savourant la montée lente et irrésistible de leur désir. Elle se souvint de la façon dont ils faisaient l'amour, avec tendresse ou avec une passion torride, dans leur chambre ou sur le canapé du salon...

Mais ces images étaient trop pénibles et Suzanne dut recourir à toute sa volonté pour conjurer la douleur qu'elles lui infligeaient. A quoi servait-il de se torturer ainsi ? Tout était fini, à présent et il ne lui restait plus que ses regrets et une terrible sensation d'échec.

— Perdue dans tes souvenirs, Suzanne ? demanda alors Sloane d'une voix très douce.

— Oui... Et je dois reconnaître que certains sont agréables, admit-elle en se maudissant d'être si transparente.

Comment ferait-elle pour supporter un week-end entier à ses côtés alors qu'elle se sentait déjà si troublée au bout de quelques heures ? Plutôt que de chercher à répondre à cette question, la jeune femme préféra s'abîmer dans la lecture d'un magazine jusqu'à leur arrivée à Brisbane...

Après un temps qui lui sembla interminable, le jet amorça enfin sa descente. Tandis qu'il se posait et roulait vers les bâtiments de l'aéroport, Suzanne aperçut la limousine de Trenton Wilson-Willoughby qui attendait au bout de la piste. Dès que l'appareil se fut stabilisé, elle vit Trenton descendre suivi du chauffeur qui portait ses bagages.

Dès qu'il fut à bord, le père de Sloane les serra dans ses bras avec enthousiasme. Jamais Suzanne ne l'avait vu de si bonne humeur : il paraissait littéralement rayonnant.

— Je suis ravi de te revoir, Suzanne ! s'exclama-t-il en l'embrassant. Ta mère est dans la voiture... Elle passe un coup de téléphone pour régler les derniers préparatifs. Tu devrais aller la voir pendant que je parle avec Sloane.

Suzanne hocha la tête et descendit de l'appareil pour gagner la limousine.

— Suzanne ! s'écria Georgia en la serrant contre elle. Je suis tellement heureuse...

— Tu ne te sens pas trop nerveuse ? demanda la jeune femme avec un clin d'œil complice.

— Non... Je veux juste que tu me répètes que tout cela n'est pas une folie.

Malgré le sourire de sa mère, Suzanne perçut dans sa voix une certaine angoisse. C'est alors qu'elle comprit tout ce que ce mariage représentait pour elle : pendant des années, elle n'avait vécu que pour sa fille et pour le souvenir du père de Suzanne, qui était mort alors que celle-ci n'avait que quatre ans. En épousant Trenton, elle commençait une nouvelle vie et cette perspective devait lui sembler aussi exaltante que terrifiante.

— Ce n'est pas une folie, répondit Suzanne, la gorge serrée par l'émotion. Et tu mérites d'être heureuse...

Georgia la contempla longuement, retenant visiblement ses larmes.

— Je le suis, ma chérie... Et j'espère que tu le seras bientôt autant que moi. Tu sais, Trenton et moi avons hésité... Nous nous demandions si nous ne devions pas attendre que Sloane et toi soyez mariés... Mais nous étions si impatients ! Tu ne m'en veux pas trop ?

— Ne sois pas ridicule, maman ! s'exclama Suzanne en détournant les yeux pour ne pas montrer à sa mère la douleur qui, elle le savait, devait se lire dans son regard. Sloane a tellement de travail en ce moment que nous ne pouvons espérer nous marier avant plusieurs mois. Et je doute fort que Trenton ait la patience d'attendre si longtemps !

— Il n'en est pas question ! déclara l'intéressé, qui les avait rejointes. Je ne veux pas lui laisser le temps de changer d'avis ! ajouta-t-il en riant.

Georgia sourit et Suzanne vit briller dans ses yeux une tendresse infinie qui lui serra le cœur. Tous les doutes qu'elle avait eus se dissipèrent soudain : sa mère et Trenton étaient faits l'un pour l'autre. Il semblait exister entre eux la même complicité, la même alchimie que celle qu'elle avait connue avec Sloane durant leur brève vie commune.

— Allons-y ! fit Trenton en aidant Georgia à descendre de voiture. Un mariage nous attend...

Tous trois regagnèrent le jet où patientait Sloane. Tandis que le pilote préparait le décollage, Trenton sortit une bouteille de champagne. Il servit quatre coupes et leva la sienne pour porter un toast :

— Je bois à nos amours, déclara-t-il avec un sourire. Et à la vie que nous nous apprêtons à passer ensemble... Bientôt, nous serons doublement de la même famille !

A ces mots, Suzanne regarda Sloane et s'aperçut que ce dernier la contemplait avec un mélange d'admiration et de douceur. Elle sentit les battements de son cœur s'accélérer et se répéta que cela faisait partie du rôle qu'ils avaient décidé de jouer durant ce week-end.

Pourtant, ce simple regard lui rappelait cruellement tous ceux qu'ils avaient échangés lorsqu'ils vivaient ensemble. Des regards emplis de passion, de tendresse et de désir... Des regards auxquels elle avait cru avant de découvrir la duplicité de Sloane. Mais elle comprenait aujourd'hui quel habile comédien il pouvait être et cette pensée lui était insupportable.

L'hôtesse leur apporta alors des petits canapés sur un plateau d'argent et tous quatre devisèrent gaiement, comme si tout ceci n'était pas une vaste et tragique comédie.

Sloane se montrait détendu, plaisantant avec son père et Georgia avec un naturel désarmant. En fait, il semblait même prendre plaisir à cette situation intenable, flirtant avec Suzanne comme s'ils étaient vraiment fiancés. Mais chaque fois qu'il la regardait, la jeune femme sentait monter en elle un désespoir infini.

3.

L'avion amorça lentement sa descente vers Bedarra Island. Par le hublot, Suzanne observa l'île, qui semblait recouverte par la forêt vierge, émeraude sertie dans une mer de saphir. Au milieu des arbres, on apercevait les toits de tuile rouge des bungalows qui accueillaient les visiteurs.

C'était un petit paradis hors du monde, un paradis que seules les plus grandes fortunes d'Australie pouvaient s'offrir pour quelques jours. Trenton n'aurait jamais pu trouver un endroit plus romantique pour y célébrer son mariage.

Le jet descendit lentement vers la piste d'atterrissage qui était installée sur Dunk Island, à quelques encablures de Bedarra. Les quatre passagers débarquèrent et furent accueillis par le gérant de l'île, qui les salua respectueusement et les conduisit vers le petit bateau qui permettait de gagner Bedarra.

Tandis que Trenton et Georgia s'installaient avec le gérant dans la confortable cabine afin de discuter des derniers préparatifs du mariage, Suzanne resta sur le pont, accoudée au bastingage pour observer la côte, dont ils approchaient. Une magnifique plage de sable blanc ceignait l'île mais, au-delà, on ne voyait que la forêt, qui s'élevait graduellement le long du volcan éteint formant le cœur de ce havre sauvage.

C'est alors que Sloane la rejoignit, posant les mains sur la rambarde, de chaque côté de la jeune femme. Cette proximité la troubla infiniment et elle se força à rester immobile, de peur d'effleurer le corps de Sloane.

Le sentir si proche d'elle éveillait mille souvenirs diffus, mille sensations disparues... Elle se souvenait de toutes les fois où il l'avait tenue dans ses bras. Elle se rappelait le contact de son torse musclé contre sa joue, les battements de son cœur, la chaleur de sa peau...

D'autres images affluèrent, plus troublantes encore. Elle le revit nu dans leur chambre de Sydney, si désirable, si parfait... Elle revit leurs étreintes, leurs baisers et il lui sembla presque sentir sur son cou la marque ineffaçable de ses baisers ardents qui savaient éveiller en elle un désir incoercible.

Combien de fois s'étaient-ils embrassés ? Combien de fois avaient-ils fait l'amour avec passion et tendresse, dans le secret de leur chambre ? Ces questions la hantaient, lui rappelant à quel point elle avait aimé Sloane et combien elle devrait se méfier d'elle-même si elle voulait résister à la séduction qu'il exerçait encore sur elle.

Ses doigts se serrèrent sur le bastingage et elle lutta pour maîtriser les battements erratiques de son cœur. Se pouvait-il que les souvenirs que Sloane gardait d'elle fussent aussi obsédants que ceux qui la hantaient ? Ou se contentait-il réellement de jouer son rôle pour le simple bénéfice de leurs parents ?

— Il est temps de débarquer, déclara Georgia, qui les avait rejoints sur le pont.

Tirée de ses pensées, Suzanne s'aperçut alors que le

bateau s'approchait d'un petit ponton de bois où les attendaient plusieurs membres du personnel de l'hôtel.

— Je suggère que nous allions prendre possession de nos quartiers, déclara Trenton en souriant. Nous nous retrouverons pour le déjeuner, dans une demi-heure...

— Je vais vous conduire à votre bungalow, dit l'un des garçons. Quelqu'un se chargera de vos bagages.

Ils remontèrent donc l'une des allées qui s'enfonçait dans le sous-bois. L'odeur capiteuse des fleurs exotiques et le cri des oiseaux qui jouaient dans les arbres enchantèrent aussitôt la jeune femme. Elle avait l'impression d'avoir trouvé quelque Eden perdu, un petit coin de paradis au milieu des eaux capricieuses du Pacifique.

Mais son enthousiasme diminua à mesure qu'ils se rapprochaient de leur bungalow. L'idée qu'il allait falloir le partager pendant plusieurs jours avec Sloane la mettait terriblement mal à l'aise. Lorsqu'ils y parvinrent, le garçon leur confia la clé et les laissa seuls.

Sloane entra et Suzanne le suivit à l'intérieur, remarquant à peine le luxueux confort qui était mis à la disposition des hôtes de Bedarra.

— Je suppose qu'il n'y a pas d'autres bungalows où je pourrais m'installer, remarqua-t-elle sans espoir.

— Non. Mon père les a tous réservés pour ses invités. De toute façon, il ne comprendrait vraiment pas pourquoi nous ferions chambre à part. Je te rappelle que nous sommes déjà censés vivre ensemble, toi et moi...

Suzanne soupira et haussa les épaules, résignée :

— Très bien... Nous jouerons donc les couples modèles le temps d'un week-end.

La jeune femme parcourut le bungalow, admirant le vaste salon d'où partait l'escalier qui conduisait à la chambre. Elle constata avec soulagement qu'il y avait deux lits : un à baldaquin et un autre, plus petit, d'apparence tout aussi confortable. La salle de bains était gigantesque et dotée d'un Jacuzzi.

Suzanne se tourna alors vers Sloane, bien décidée à établir d'emblée les règles du jeu de ce week-end. Elle tenait à ce que tout soit parfaitement clair entre eux.

— Evidemment, nous dormirons chacun dans un lit. Je te laisse choisir celui qui te convient...

— Tu ne veux pas partager ? demanda-t-il avec un sourire ironique.

— Certainement pas ! répliqua-t-elle sèchement.

Il était hors de question pour elle d'envisager de passer une nuit en sa compagnie : elle s'était toujours interdit de coucher avec quiconque simplement pour satisfaire sa libido. A ses yeux, le sexe et l'amour étaient intimement liés. Sans amour, il n'y avait ni intimité ni sensualité possible... Juste la rencontre de deux désirs vides, une simple satisfaction des sens.

— Quel dommage..., soupira Sloane.

— Tu ne pensais tout de même pas que j'accepterais ? s'exclama Suzanne, choquée par la légèreté de son ton.

Pour lui, apparemment, tout ceci n'était qu'une plaisanterie, qu'il semblait apprécier au plus haut point. Suzanne se demanda soudain s'il n'était pas tout simplement dépourvu de sentiments...

— Je ne le pensais pas, en effet, répondit-il en riant de sa colère. Mais tu es tellement facile à énerver que je n'ai pas pu résister à la tentation..., ajouta-t-il en lui caressant doucement la joue.

Furieuse, Suzanne repoussa violemment sa main, luttant pour conserver son calme.

— Je pense que tu ferais bien d'éviter ce genre de

provocations, à l'avenir. Sinon, nous risquons d'en venir aux mains...

— Je suppose que c'est une image, remarqua Sloane en riant de plus belle. Parce que, dans le cas contraire, je ne demande pas mieux que d'en venir aux mains avec toi..., conclut-il d'un ton lourd de sous-entendus.

Suzanne rougit et détourna les yeux, incapable de soutenir plus longtemps son regard, où l'ironie le disputait aux promesses les plus érotiques.

— Je ne te permets pas..., commença-t-elle d'une voix étranglée.

— Eh bien, je me passerai de ta permission. Je n'ai pas l'intention de me conduire en gentleman avec toi, Suzanne. Pas après la façon dont tu m'as traité !

Il y avait dans sa voix une pointe de dureté qui inquiéta la jeune femme. Apparemment, Sloane ne ferait rien pour faciliter leur cohabitation forcée... s'exhortant à l'ignorer, elle regarda tour à tour les deux lits et réalisa que Sloane était bien trop grand pour le plus petit des deux.

— Tu peux prendre le lit à baldaquin, dit-elle.

— Merci.

A ce moment, on frappa à la porte et Sloane descendit chercher leurs bagages, qu'un garçon leur avait apportés. Ils défirent chacun leur valise, puis Suzanne gagna la salle de bains pour se coiffer et se remaquiller.

Sa propre image dans la glace la surprit : elle était très pâle et le manque de sommeil avait dessiné de légers cernes sous ses yeux. Elle appliqua quelques touches d'eye-liner et de Rimmel puis hésita à se parfumer. C'était Sloane qui lui avait offert le parfum qu'elle utilisait et elle ne voulait pas lui donner l'impression qu'elle le portait pour lui.

Avec un soupir, elle se convainquit pourtant qu'il n'en était rien. Après tout, elle aimait ce parfum et était libre de le porter si tel était son désir... Il était hors de question de laisser Sloane influencer ses choix les plus intimes.

Son compagnon l'attendait dans le salon en lisant l'un des dossiers qu'il avait apportés. Lorsqu'elle parut, il l'observa d'un air appréciateur et ne put retenir un petit sourire satisfait.

Tous deux sortirent du bungalow et se dirigèrent vers le bâtiment principal. La présence de Sloane à son côté perturbait Suzanne plus encore qu'elle ne l'aurait cru. Malgré elle, elle se sentait toujours terriblement attirée par son assurance tranquille et par l'impression de force et de confiance qui se dégageait de lui.

Elle tenta de se convaincre que son trouble n'était dû qu'à la chaleur et aux émotions de ces derniers jours mais, au fond, elle savait parfaitement qu'il n'en était rien.

— Tu as faim ? demanda Sloane tandis qu'ils approchaient du restaurant, duquel se dégageait une délicieuse odeur de barbecue.

— Terriblement, reconnut-elle avec un sourire un peu contraint.

Sloane éclata de rire et, impulsivement, prit la main de la jeune femme qu'il porta à ses lèvres. Suzanne sentit son estomac se nouer à ce contact et tenta en vain de retirer sa main.

— Ce n'est pas la peine de jouer la comédie, protesta-t-elle. Il n'y a personne pour nous voir...

— Qui sait ? Quelqu'un est peut-être embusqué dans la forêt pour nous surveiller..., suggéra-t-il en riant.

— Tout cela t'amuse, n'est-ce pas ? lui demanda-t-elle d'un ton lourd de reproches.

— Pourquoi pas ? Je ne vais pas me gâcher la vie simplement parce que nous sommes obligés de cohabiter pendant quelques jours...

— C'est vrai, reconnut-elle. Mais tâche de ne pas en faire trop.

— Je t'ai juste pris la main, remarqua-t-il. Ce n'est pas ma faute si tu es si nerveuse.

Tout en discutant de la sorte, ils étaient parvenus devant le restaurant, où ils entrèrent main dans la main. Le maître d'hôtel vint à leur rencontre avec empressement :

— Mademoiselle, monsieur, soyez les bienvenus. J'espère que vous avez fait bon voyage.

Il les précéda jusqu'à la terrasse couverte qui surplombait l'océan et les installa à l'une des tables. Suzanne s'assit, renversant la tête en arrière pour mieux goûter la caresse du soleil sur sa peau. Sloane, en face d'elle, s'absorba dans la contemplation de la baie couleur turquoise.

— Vous voulez boire quelque chose ? leur demanda la serveuse, qui les avait rejoints avec deux menus.

— Je prendrai un jus d'orange, répondit Suzanne en remarquant l'admiration qui se lisait dans les yeux de la jeune femme tandis qu'elle dévisageait Sloane.

Elle sentit naître en elle une pointe de jalousie qu'elle essaya en vain de réprimer. Comment pouvait-elle être à ce point attirée par un homme qui l'avait trahie ? Tous les efforts qu'elle avait faits pour l'oublier n'avaient-ils donc servi à rien ?

Peut-être aurait-elle mieux fait de ne pas quitter Sloane aussi brusquement... S'ils avaient eu une véritable explication, elle aurait sans doute trouvé la force de le haïr. Mais elle avait préféré fuir et se voiler la face, se cachant derrière sa secrétaire en espérant qu'il renoncerait à la revoir... A présent, les choses menaçaient d'être bien plus difficiles.

— Parle-moi du dossier sur lequel tu travaillais tout à l'heure, dit-elle pour briser le silence interminable qui s'était installé entre eux.

— Cela t'intéresse-t-il vraiment?

— Tu préférerais peut-être que nous limitions notre conversation à la pluie et au beau temps?

— Non... Je pensais plutôt que tu pourrais profiter de l'occasion pour m'expliquer pourquoi tu m'as quitté avec autant de précipitation.

— Je ne crois pas que ce soit une très bonne idée. Trenton et ma mère peuvent arriver à tout moment. Je ne pense pas que ce genre de conversation soit à leur goût!

La serveuse reparut alors avec deux verres de jus d'orange qu'elle déposa devant eux.

— Si vous avez besoin de quoi que ce soit, appelez-moi, dit-elle avant de se retirer, non sans avoir adressé un sourire radieux à Sloane.

— Je n'en reviens pas! s'exclama Suzanne avec une pointe d'amertume. Cette fille te dévorait littéralement des yeux!

— Je ne sais pas si tu as remarqué, mais je n'ai rien fait pour l'encourager, remarqua Sloane.

— Pourquoi? lui demanda Suzanne en portant son verre de jus de fruits à ses lèvres. Elle est mignonne...

— Tu oublies que nous sommes censés être fiancés, répondit Sloane en haussant les épaules.

Il leva son verre en un toast moqueur:

— A nous.

— Il n'y a pas de nous, déclara Suzanne.

— Vraiment? demanda-t-il avec une douceur aussi troublante que meurtrière. Ce n'est pas à cause de moi, tu sais...

— Je ne te conseille pas de jouer à ce petit jeu avec moi, Sloane ! s'exclama la jeune femme avec humeur. Ta fierté risquerait de nouveau d'en prendre un mauvais coup...

— Ne t'en fais pas, lui promit-il, je saurai te rendre la monnaie de ta pièce.

Suzanne sentit soudain la tension qui s'était installée entre eux. Elle savait désormais que Sloane ferait tout pour compliquer les choses. En le quittant, elle avait froissé son amour-propre et, visiblement, il comptait le lui faire payer.

La jeune femme se força à recouvrer son calme et à parler d'une voix froide, dépassionnée :

— Dire que nous n'en sommes qu'au premier jour et que nous voici déjà en train de nous disputer... Je me demande vraiment dans quel état nous finirons ce séjour !

— Je ne sais pas, répondit Sloane en souriant, les yeux brillants d'amusement. Mais je t'avoue que j'ai hâte de le découvrir...

Suzanne allait rétorquer mais Sloane leva la main, lui faisant signe de se taire.

— Mon père et Georgia viennent d'entrer dans le restaurant, lui souffla-t-il.

Maîtrisant sa colère, Suzanne plaqua sur ses lèvres un joyeux sourire. Sloane, quant à lui, se pencha vers elle et caressa doucement sa joue, comme pour lui montrer qu'il comptait bien profiter de chaque occasion pour mettre sa résistance à l'épreuve.

Mais elle ne comptait pas se laisser faire aussi facilement. Doucement, elle prit la main de Sloane dans les siennes et la porta à ses lèvres, en profitant pour le mordre aussi férocement que discrètement. Son compagnon sursauta, retirant prestement ses doigts et lui décochant un regard furieux. Pourtant, il n'eut pas l'occasion de se venger puisque à ce moment précis, tous deux furent rejoints par leurs parents.

— Alors? N'est-ce pas un endroit merveilleux? demanda Georgia en s'installant auprès de Sloane.

— Si, c'est vraiment magnifique, confirma Suzanne.

— Désolé d'être en retard, s'excusa Trenton. Mais nous voulions vérifier une dernière fois que chaque chose était au point... Je crois que tout devrait se dérouler à la perfection!

Bien sûr, songea Suzanne avec une pointe d'amertume. Lorsqu'elle vivait avec Sloane, elle avait plus d'une fois constaté que le simple nom de Wilson-Willoughby permettait d'ouvrir bien des portes et d'aplanir bien des difficultés. C'était un nom que tous associaient à la fortune et au pouvoir. Ce même pouvoir qui était l'un des traits les plus marquants de la personnalité de Trenton et de son fils. Un pouvoir qui confinait parfois à l'arrogance...

Tandis que le repas touchait à sa fin, Sloane observait Suzanne d'un air pensif. Une fois de plus, elle avait montré à son égard une froideur et une dureté qu'il ne parvenait pas à s'expliquer. Durant leur vie commune, elle avait toujours été très douce, et ils ne s'étaient pas disputés une seule fois. Quelque chose avait radicalement transformé la jeune femme, et il était bien décidé à découvrir ce que cela pouvait être...

— Quand les invités doivent-ils arriver? demanda alors Suzanne à leurs parents.

— Demain matin, lui répondit Trenton. J'ai affrété un avion qui partira spécialement de Sydney pour les amener ici et les ramener lundi matin...

— Est-ce que je les connais?

— La plupart d'entre eux, je suppose...

Il commença à lui réciter les noms des convives et Sloane fut frappé de l'extrême attention qu'y portait Suzanne. Apparemment, elle paraissait redouter la présence de quelqu'un dont, à son grand soulagement, semble-t-il, le nom ne fut pas cité.

Il se demanda de qui il pouvait s'agir. Se pouvait-il qu'elle sorte avec quelqu'un d'autre ? Quelqu'un que son père et lui étaient susceptibles de connaître ?

— Bien, fit Georgia après avoir terminé sa tasse de café. Je vais vous laisser : il faut encore que je finisse de déballer mes affaires et que je vérifie un certain nombre de choses...

— Quant à moi, je crois que je vais m'offrir le luxe d'une sieste, déclara Trenton en se frottant les mains. Pour une fois que je suis en vacances, je compte bien en profiter...

Tous quatre se levèrent et Sloane prit Suzanne par la taille tandis qu'ils quittaient le restaurant. Il sentit la jeune femme se raidir mais elle ne chercha pas à se dégager. En revanche, lorsqu'ils furent parvenus dans le hall, elle se tourna vers sa mère :

— Est-ce que tu as besoin que je te donne un coup de main ? demanda-t-elle avec empressement.

Apparemment, elle n'avait aucune envie de passer l'après-midi en sa compagnie...

— Non merci, ma chérie. Profite plutôt du beau temps pour aller te baigner avec Sloane. De toute façon, je n'ai pas grand-chose à faire, tu sais. Et, après tous les préparatifs de ces dernières semaines, je crois que moi aussi j'ai besoin de me reposer un peu. Nous pouvons nous retrouver vers 18 heures pour prendre un verre, si vous voulez ?

Suzanne hocha la tête et Sloane lut dans son regard un mélange de déception et d'angoisse. Il se garda de

tout commentaire et tous deux revinrent à leur bungalow. Dès qu'ils furent entrés, la jeune femme s'écarta
de lui.

— Je pense que je vais aller me promener, déclara
Suzanne en se dirigeant vers leur chambre.

— Je viens avec toi, répondit aussitôt Sloane en lui
emboîtant le pas.

Suzanne s'arrêta et se tourna lentement vers lui.

— Et si je n'en ai pas envie ? répliqua-t-elle verte-
ment en le défiant du regard.

— C'est dommage, fit-il en haussant les épaules.
Mais ce n'est pas cela qui me fera changer d'avis...

— Tu es vraiment décidé à gâcher le peu de plaisir
que je pourrais tirer de ce week-end !

— Tout ce que nous ferons ce week-end, nous le
ferons ensemble, lui dit Sloane d'une voix aussi douce
que décidée tout en s'approchant d'elle pour poser une
main sur sa joue. Nous avons conclu une trêve pour
quelques jours, ajouta-t-il. Alors, essayons de la res-
pecter, d'accord ?

Suzanne détourna les yeux, incapable de soutenir le
regard glacé de Sloane. Elle avait déjà vu ce regard
auparavant, lorsqu'il parlait de ses ennemis personnels
ou des journalistes qui l'assaillaient. Il ne présageait
rien de bon...

Malgré elle, elle se sentit frissonner. L'air semblait
s'être chargé d'une tension presque palpable qui lui
était insupportable. Comment avaient-ils pu en arriver
là ? Eux qui avaient été si proches, quelques mois
auparavant...

— J'espère que tu as d'autres chaussures, dit-elle
d'une voix qui se voulait légère. Ces mocassins italiens

ne sont pas idéaux pour se promener dans les bois ou sur une plage...

Sloane sourit, comme malgré lui.

— Laisse-moi le temps de me changer, répondit-il d'un ton plus affable.

Suzanne soupira et le regarda s'éloigner vers la salle de bains. Sans attendre, elle se défit des vêtements qu'elle avait mis le matin même et enfila un maillot de bain, un short et un chemisier. Puis elle prit sa casquette et une serviette et retourna dans le salon.

Sloane la rejoignit quelques instants plus tard. Une fois de plus, elle fut troublée par sa présence. Le short et le T-shirt qu'il portait mettaient en valeur son corps athlétique et, durant un instant, elle fut tentée de se nicher entre ses bras. Repoussant cette envie insensée, elle le suivit jusqu'à la porte d'entrée.

Ils remontèrent lentement le long du sentier qui conduisait à la plage. Suzanne observait à la dérobée la silhouette de Sloane; il se déplaçait avec cette aisance naturelle qu'elle avait toujours admirée. Une sorte de grâce animale, féline, semblait animer le moindre de ses mouvements.

L'odeur de son eau de toilette renforçait encore la sensualité qui se dégageait de lui, faisant naître en Suzanne un désir obsédant. Elle ne se souvenait que trop bien de cette odeur contre sa bouche, lorsqu'elle parcourait le corps brûlant de Sloane de mille caresses...

Ces sensations, elle avait mis des semaines à les oublier, à les repousser dans une partie de son esprit qu'elle préférait ignorer. A force de détermination et de courage, elle avait réussi à bâtir un mur pour se défendre contre elle-même, contre l'instinct qui lui criait à chaque instant de retourner auprès de Sloane.

Pendant de longues nuits sans sommeil, elle avait

passé en revue les raisons qu'elle avait de ne pas le revoir. Il l'avait trompée, trahie. Il avait détruit toute la confiance qu'elle lui portait. Même si elle était revenue, même s'il s'était excusé, quelque chose aurait définitivement été brisé entre eux...

Ces raisons, elle les avait égrenées pour lutter contre sa propre folie. Elle avait presque réussi à oublier Sloane, à vivre sans lui. Mais voilà que le destin les réunissait de nouveau, sans qu'elle pût lui échapper. Et elle réalisait soudain que son attirance était intacte, décuplée même par leur séparation...

« Ne cède pas, se répéta-t-elle comme un mantra. Ne cède pas. Sinon, tu le regretteras toute ta vie... »

Mais c'était plus facile à dire qu'à faire !

4.

Sur le sable presque blanc, une ligne de coquillages et de varech marquait la limite de la marée haute. Suzanne s'approcha du bord de l'eau et choisit quelques coquilles qu'elle lança à la mer d'un air absent.

Tout était si calme, ici, si tranquille que l'on aurait pu aisément se croire sur une île déserte. Rien n'indiquait la présence de l'homme : ni débris ni bâtisse ne venaient rompre l'harmonie qui régnait en ces lieux.

Suzanne sentait le soleil caresser sa peau, qui commençait déjà à prendre une teinte dorée. Une brise légère venue de la mer soufflait dans ses cheveux, atténuant la chaleur de ce début d'après-midi. Si Sloane n'avait pas été avec elle, elle aurait pu se sentir parfaitement heureuse, mais sa présence jetait sur la scène une ombre vaguement inquiétante.

— Tu veux que nous allions voir ce qu'il y a derrière ces rochers ? proposa-t-il en désignant l'extrémité de la plage.

Songeant que tout valait mieux que de retourner à leur bungalow, la jeune femme hocha la tête et tous deux se remirent en marche. Ils ne tardèrent pas à parvenir à la barrière de rochers. Au-delà, ils découvrirent une charmante petite crique de sable fin.

Suzanne observa longuement cet endroit paradisiaque, fascinée par la beauté des lieux.

— Tu veux continuer ? suggéra Sloane.

— Non. Je crois que je préférerais aller me baigner...

— D'accord... Je viens avec toi.

L'espace d'un instant, Suzanne se demanda avec inquiétude si Sloane avait pensé à enfiler un maillot. Sur une plage déserte comme celle-ci, cela pouvait sembler parfaitement inutile, mais elle savait qu'elle n'était pas prête à affronter la vue de ce corps nu qu'elle avait si intimement connu...

— Tu ne veux pas que je t'accompagne ? demanda Sloane, lisant sur son visage les doutes qui l'habitaient.

— Si, si..., éluda-t-elle en se maudissant intérieurement.

Comment pouvait-elle être aussi ridicule ? Qu'importait après tout que Sloane se baignât nu ? Elle ne savait que trop à quoi il ressemblait...

Pourtant, lorsqu'elle le vit se défaire de son short et de son T-shirt, malgré le maillot de bain qu'il avait pris le soin d'enfiler, elle sentit son cœur chavirer. Le corps de Sloane semblait plus parfait encore que dans son souvenir. Ses larges épaules, son torse magnifique et ses bras musclés témoignaient d'une puissance peu commune.

Mais il y avait plus que cela... En fait, Sloane possédait une sorte de magnétisme, de charisme presque animal qui, combiné à la connaissance instinctive qu'il paraissait avoir des autres, lui conférait une supériorité incontestable. Il inspirait naturellement le respect aux hommes, fascinait la plupart des femmes qui le rencontraient.

Dans ses yeux se lisait la conscience qu'il avait de son pouvoir, ainsi que la volonté d'acier qui l'animait.

Jamais encore il n'avait mis un genou à terre devant les difficultés de l'existence. Jamais il n'avait courbé l'échine ni ne s'était résigné.

Et pourtant, malgré cette force extraordinaire, il y avait en lui une douceur infinie, une tendresse qu'il lui arrivait d'exprimer dans les moments d'abandon... Et c'était cette étrange dualité qui faisait de lui un amant sans égal.

Pendant des nuits, Suzanne avait été hantée par le plaisir qu'il avait su lui donner et auquel elle avait si imprudemment renoncé. Il lui avait fallu toute son énergie pour se convaincre qu'aucune relation sérieuse ne pouvait se construire sur une simple compatibilité physique... si prodigieuse fût-elle.

Mais elle comprenait à présent combien l'amant merveilleux qu'était Sloane lui avait manqué. Il lui semblait que des mois de frustration se condensaient soudain en un instant alors que, fascinée, elle regardait ce corps qu'elle avait étreint, embrassé, aimé par-dessus tout.

Comment pourrait-elle résister à cette tentation ? Voilà une demi-journée qu'ils étaient ensemble et, déjà, elle sentait sa volonté fléchir... Accepter de passer un week-end en sa compagnie dans un pareil endroit avait été une terrible erreur.

Détournant les yeux, elle regarda l'océan indifférent, se répétant qu'elle devait à sa mère de résister à l'envie qui la tourmentait de fuir aussi loin que possible de Sloane. Elle se força à le revoir, riant en compagnie de sa maîtresse, dans ce magasin à Sydney. Mais ce souvenir, loin d'atténuer son désir, fit naître en elle une jalousie aussi violente qu'insensée.

— Tu comptes vraiment aller nager ou tu veux juste regarder la mer ? lui demanda alors Sloane.

— On fait la course ? répondit-elle simplement avec un pâle sourire.

Et, comme pour échapper à elle-même, au désir qui la hantait et à ses doutes, elle se mit à courir et plongea dans l'eau tiède du lagon. En quelques brasses puissantes, elle s'éloigna du rivage d'où Sloane s'élançait à son tour. En quelques instants, il la rejoignit, émergeant à côté d'elle. Suzanne sursauta et s'écarta instinctivement de lui.

— Tu pensais que j'allais essayer de te couler ? demanda-t-il en riant.

— Je ne te conseille pas d'essayer, répliqua-t-elle, regrettant aussitôt cette phrase qui sonnait comme un défi.

Avec un sourire carnassier, Sloane se jeta sur elle et, avant même qu'elle ait eu le temps de s'écarter, il la tenait dans ses bras, complètement à sa merci. Elle vit alors l'expression de son visage changer et sentit contre elle la vigueur de son désir qui s'éveillait. Ne la quittant pas des yeux, il entoura ses jambes des siennes, tandis que ses mains se posaient sur sa taille. Et, sans lui laisser le loisir de protester, il l'embrassa.

Lentement, Suzanne se sentit couler entre les bras de Sloane. Mais pendant qu'ils sombraient, ainsi enlacés, il ne cessait de l'embrasser avec un mélange irrésistible de passion et de douceur. Le corps de la jeune femme s'enflamma tandis qu'affluaient en elle des sensations qu'elle avait crues à jamais disparues.

Puis, soudain, alors qu'ils touchaient le fond du lagon, Sloane les fit remonter d'une poussée vigoureuse. S'écartant d'elle, il la laissa reprendre son souffle. Suzanne était partagée entre le plaisir qu'elle venait d'éprouver et la colère qui l'envahissait. En vain, elle essaya d'exprimer sa rage mais ne parvint qu'à balbutier quelques mots.

— Ne cherche pas à te mentir, lui dit alors Sloane d'une voix rauque. Ce baiser t'a donné autant de plaisir qu'à moi... Et, si tu en doutes, je vais te le prouver de nouveau.

Joignant le geste à la parole, il l'embrassa encore. Mais, cette fois, il n'y avait aucune tendresse dans son baiser. Ce n'était que l'expression la plus crue du désir qu'elle lui inspirait. Suzanne essaya en vain de le repousser mais plus elle résistait, plus il se faisait insistant. Incapable de lutter plus longtemps, elle s'abandonna.

Il lui sembla alors que le temps s'arrêtait. Elle ne sentait plus que le contact des lèvres de Sloane, de sa langue qui la provoquait avec une habileté diabolique. En elle montait mille frémissements de désir qui parcouraient sa peau, lui faisant oublier toute envie de fuir.

Lorsque, enfin, Sloane la relâcha, une terrible impression de déchirement l'envahit. Mais, dans les yeux de Sloane, il n'y avait aucune trace de passion. Juste une colère froide qui la ramena à l'insupportable réalité : il ne l'aimait pas et ne l'avait probablement jamais aimée. Il se contentait de jouer avec elle pour satisfaire ses plus bas instincts, sans se soucier de ce qu'elle pouvait éprouver.

— Bien, dit-elle d'une voix glaciale, luttant contre l'envie qu'elle avait de le frapper de toutes ses forces. Je suppose que tu as fini de jouer les machos irrésistibles et que nous pouvons rentrer...

Sloane la regarda un instant sans rien dire, apparemment stupéfait par cette repartie imprévue. Puis, sans transition, il éclata de rire. Furieuse, Suzanne lui décocha un violent coup de pied qu'il parvint à esquiver de justesse.

— Eh ! protesta-t-il sans cesser de rire. Ce n'est pas une attitude digne d'une dame...

— Je ne me sens pas d'humeur à plaisanter, répliqua-t-elle rageusement.

Sans un mot de plus, elle se détourna de lui et nagea vigoureusement vers le rivage, tentant désespérément de reprendre le contrôle de ses émotions, furieuse de l'emprise qu'il exerçait sur elle et de sa propre faiblesse. Sans pitié, il venait de lui rappeler qu'il pouvait faire d'elle ce qu'il voulait puis s'éloigner sans regrets.

Lorsqu'elle atteignit la plage, elle se sécha vigoureusement, comme pour faire disparaître le souvenir de ses mains sur son corps. Elle s'enduisit de crème solaire puis se rhabilla et s'éloigna sans même regarder ce que faisait Sloane.

Ce dont elle avait besoin, pour le moment, c'était d'être seule pour recouvrer ses esprits et rassembler le peu de courage qui lui restait. Remontant le long de la plage, elle longea une barrière de rochers sur laquelle jouaient paresseusement quelques lézards.

De la forêt lui parvenaient les cris des perroquets nichés dans les arbres qui babillaient joyeusement. Au bout d'un quart d'heure, elle atteignit la pointe nord de l'île et resta longuement immobile, contemplant l'océan où brillaient des milliers de reflets argentés. Le vent caressait ses cheveux et elle demeura là, pénétrée par la paix qui se dégageait de cet endroit béni des dieux.

Soudain, elle sentit une présence derrière elle et se retourna, faisant face à Sloane qui se tenait à quelques mètres de là et l'observait attentivement. Serrant les dents, elle lui tourna le dos et s'éloigna à grands pas, sautant entre les rochers qui parsemaient la plage.

Tandis que son pied se posait sur l'un d'eux, elle se vit glisser sur la plaque de varech humide qui le recouvrait. Tombant en arrière, elle sentit sa hanche heurter violemment une pierre aiguë et poussa un gémissement douloureux. Se relevant avec difficulté, elle massa sa peau meurtrie, s'assurant qu'elle n'avait rien de cassé.

— Bon sang, Suzanne! s'exclama Sloane, qui l'avait rejointe en courant. Tu aurais pu te tuer...

La jeune femme ne répondit pas, le fixant avec colère, vaguement humiliée par sa chute involontaire.

— Tu n'as rien? demanda-t-il d'un ton radouci.

Elle haussa les épaules et fit mine de se détourner de lui mais il ne lui en laissa pas le temps. Prenant l'une de ses mains entre les siennes, il observa l'estafilade qu'elle s'était faite en tentant d'amortir sa chute. Quelques gouttes de sang perlaient de la blessure, que recouvrait un peu de sable.

— Je vais aller la laver dans l'eau de mer, déclara-t-elle.

— Laisse-moi faire...

Sans la quitter des yeux, il porta la main de Suzanne à sa bouche et souffla doucement pour enlever le sable. Puis ses lèvres se posèrent délicatement sur la blessure et il l'effleura, faisant disparaître le sang qui la maculait.

Cette sensation éveilla en Suzanne un long frémissement de plaisir et de douleur mêlés. Elle sentit la langue de son compagnon caresser la cicatrice et n'eut pas la force de le repousser. Toute force semblait l'avoir désertée, la laissant consentante quoique vaguement mal à l'aise.

Mais la bouche experte de Sloane ne tarda pas à dissiper cette gêne tandis qu'il couvrait sa peau de petits baisers. Le cœur de Suzanne s'était mis à battre la chamade et, malgré tous ses efforts, elle ne parvenait pas à résister à l'érotisme torride de l'instant. Son corps tout entier était parcouru de frissons de désir, que la vue de Sloane exacerbait à chaque instant.

Luttant de toutes ses forces contre la torpeur qui l'avait envahie, elle parvint à le repousser, à s'arracher à ses lèvres brûlantes. Si elle s'abandonnait à présent, elle savait qu'elle n'aurait plus jamais la force de lui résister et cette pensée lui redonna du courage.

— Je t'en prie, supplia-t-elle d'une voix rauque. Arrête...

— Arrête ? répéta-t-il en la dévisageant avec une intensité qui lui fit détourner les yeux. Que dois-je arrêter ? D'avoir envie de prendre soin de toi ? De t'aimer ?

Ces derniers mots la frappèrent plus durement que s'il l'avait giflée. Comment pouvait-il dire une telle chose alors qu'il l'avait trahie ?

— Je suis désolé, Suzanne, reprit-il d'une voix grave. Je ne suis pas comme toi... Je ne vois pas pourquoi je me forcerais à ignorer ce qu'il y a eu entre nous. D'ailleurs, je ne pense pas vraiment que tu puisses y arriver.

— J'essaie, murmura-t-elle en trouvant le courage de le regarder de nouveau. Crois-moi, j'essaie de toutes mes forces...

— Mais pourquoi ? demanda-t-il d'une voix très dure que renforçait encore l'éclat de ses yeux bleus.

— Tu ne comprends pas..., commença-t-elle, partagée entre le désespoir et la colère. L'amour ne suffit pas si deux personnes ne peuvent se faire confiance...

— De quoi parles-tu, Suzanne ?

La jeune femme observa Sloane avec attention. Il n'y avait aucune trace de gêne en lui, aucun remords. Il ne paraissait pas même comprendre ce qu'elle voulait dire... Elle attendit, espérant qu'il lui avouerait son infidélité, qu'il lui demanderait pardon, lui expliquant que cela n'avait été qu'un moment d'absence, une terrible et regrettable erreur. Peut-être, alors, trouverait-elle la force de lui pardonner...

Mais il ne dit rien, se contentant de l'observer en silence. Ecœurée par sa duplicité, par l'hypocrisie dont il faisait preuve avec tant de naturel, elle se détourna et s'éloigna de lui.

— Suzanne! l'appela-t-il avec dans la voix une pointe de colère.

Après un instant d'hésitation, elle se retourna.

— Qu'est-ce que tu désires, exactement? lui demanda-t-elle avec rage. Te prouver que tu es encore capable de faire de moi ce que tu veux? Me faire souffrir parce que j'ai blessé ton sacro-saint amour-propre en te quittant?

— Tu as donc si peu confiance en moi?

— Comment pourrais-je avoir confiance en toi? s'exclama-t-elle en luttant contre les larmes qu'elle sentait monter en elle. Tu es incapable du moindre sentiment! Tout ce qui t'intéresse, c'est de manipuler les autres, de te servir d'eux...

— Moi qui pensais que tu avais su dépasser les apparences... Nous étions si proches que j'ai cru que tu avais compris qui j'étais vraiment et pas simplement ce que les journaux disaient de moi. Mais je vois bien que je me trompais... Au fond, tu es comme les autres femmes!

Suzanne se mordit la lèvre, mortifiée par cette accusation. Comment pouvait-il penser une chose pareille?

— Tu te trompes, Sloane, articula-t-elle d'une voix tremblante. C'est de l'homme que je suis tombée amoureuse, pas du jeune célibataire milliardaire... Mais j'ai découvert que c'était toi qui ne parvenais pas à te défaire de cette étiquette. A force d'être qualifié de playboy superficiel par la presse, tu as fini par en devenir un. Et tu es incapable de faire la différence entre les gens qui t'aiment vraiment et les aventures de passage.

Très pâle, Sloane la dévisagea avec colère, comme si elle venait de lui jeter un verre d'eau à la figure.

— Je vois... Et c'est pour cela que tu as choisi la facilité, que tu as renoncé à nous ?

— Qu'aurais-je pu faire d'autre ?

— Rester... M'accepter tel que je suis...

Suzanne le regarda fixement, incapable de croire à ce qu'il venait de dire. Pensait-il vraiment qu'elle aurait pu passer outre ses trahisons ? Avait-il donc si peu d'estime pour elle qu'il ne comprenait même pas qu'elle aussi avait une fierté qu'il ne pouvait à loisir fouler aux pieds ?

— Je ne suis pas masochiste, déclara-t-elle enfin d'une voix cinglante.

— Mais de quoi diable parles-tu ?

— La plupart des femmes te considèrent comme une cible idéale : tu es jeune, beau et affreusement riche... A côté de toi, je ne fais pas le poids, c'est évident. Je n'ai ni la beauté ni la fortune de celles qui te courent après... Mais j'ai eu la faiblesse de croire que cela ne comptait pas. Puis j'ai compris que je me trompais et, plutôt que de souffrir inutilement, j'ai décidé de me retirer de la compétition.

— Quelle compétition ? s'exclama Sloane avec humeur. Tu ne peux tout de même pas m'accuser de ce que désirent les autres femmes...

Ces mots foudroyèrent Suzanne : comment pouvait-il lui mentir avec un tel aplomb ? Comment pouvait-il continuer à se faire passer pour une victime alors qu'il était le seul coupable ?

— Je ne t'accuse de rien, répondit-elle d'une voix glacée. Pas même d'être ce que tu es...

— Ecoute, Suzanne... Tout ceci n'a aucun sens. Si j'étais vraiment tel que tu le penses, j'épouserais n'importe laquelle de ces filles de la haute société qui me courent après !

Suzanne haussa les épaules : elle connaissait maintenant trop bien Sloane pour croire qu'il renoncerait au plaisir de la conquête.

— Tu penses vraiment que je me contenterais d'un mariage de raison, dépourvu de toute passion ? ajouta-t-il avec une agressivité à peine dissimulée.

— Je ne suis pas l'un de ces témoins que tu cuisines lors des procès ! protesta Suzanne.

— Allons, fais moi plaisir : pour une fois, dis la vérité !

— Venant de toi, cela me fait rire, répondit-elle avec amertume. Il est hors de question que je rentre dans ce petit jeu...

— Je ne joue pas, Suzanne.

— Vraiment ? Et que fais-tu à la cour, lorsque tu plaides ? Ne me dis pas qu'il ne t'arrive pas de mentir...

— Je ne mélange pas ma vie privée et ma vie professionnelle.

— Ce n'est pas l'impression que j'ai. Je crois au contraire que tu es très doué pour mentir, quelle que soit la situation.

— Vraiment ? Voyons donc si ceci a un goût de mensonge...

Il s'approcha d'elle et Suzanne recula instinctivement. Mais il fut plus rapide et, la prenant dans ses bras, il l'embrassa. Malgré les efforts que fit Suzanne pour se dégager, il se montra intraitable, la forçant à répondre à son baiser et, une fois de plus, elle se sentit perdre tout contrôle d'elle-même.

Sloane la connaissait trop bien et ses mains couraient sur son corps, trouvant avec précision les endroits sensibles, se jouant de sa défiance avec une habileté consommée. Elle sentit chacun de ses nerfs réagir avec une intensité qui lui fit peur.

Comment pouvait-elle être aussi faible? se demanda-t-elle, tremblante. Mais les caresses de Sloane anéantissaient en elle toute résistance, toute fierté, l'entraînant sans espoir de retour dans un flot de sensations toujours plus intenses.

La douceur des lèvres contre les siennes, la force de ses bras qui l'entouraient comme des liens d'acier, le désir qu'elle sentait monter en lui étaient autant de promesses d'une sensualité infinie. Son corps tout entier aspirait à cet abandon. Lorsqu'elle s'entendit gémir doucement, elle comprit qu'elle était perdue.

Elle aurait voulu coller la peau de Sloane contre la sienne, arracher ses vêtements pour le couvrir de baisers, le sentir en elle et se laisser aller au plaisir qu'il lui dispenserait...

Sloane vit Suzanne réagir à leur étreinte comme elle le faisait autrefois et il sut que, quoi qu'elle ait pu lui dire, rien n'était mort entre eux. En cet instant, il aurait pu la dévêtir et l'allonger sur le sable pour lui faire l'amour.

Mais ce n'était pas ce qu'il voulait. Car, lorsque la passion retomberait, lorsque tout serait fini, ce ne serait pas de l'amour qu'il lirait dans ses yeux mais une haine glacée, implacable. Suzanne n'était pas le genre de femme que l'on pouvait posséder simplement par le plaisir que l'on pouvait lui donner.

Tous deux attendaient plus l'un de l'autre que la simple satisfaction de leurs sens. Et, sans l'amour qui les avait unis, cette satisfaction momentanée ne leur apporterait rien d'autre qu'un regain de méfiance.

A contrecœur, ses lèvres quittèrent donc la bouche de la jeune femme et ses mains se firent moins pressantes sur son corps enflammé. Après un dernier baiser, il caressa doucement sa joue et s'écarta d'elle, luttant contre l'impression de déchirement qu'il éprouvait. Dans les yeux de Suzanne, il lut un mélange de déception, d'incompréhension et de soulagement.

Suzanne observa Sloane attentivement, essayant de reprendre le contrôle d'elle-même.

— Il y a un sentier qui part de la plage, dit-il simplement. Nous devrions le prendre et voir s'il conduit aux bungalows...

Ainsi, songea-t-elle, il ne chercherait pas à tirer avantage de sa faiblesse. C'était inattendu... Puis elle se dit qu'il avait peut-être simplement cherché à lui prouver, une fois de plus, qu'il était le seul maître du jeu. Cette pensée la blessa mais elle se reprit, songeant que, ce faisant, il lui avait laissé assez de dignité pour pouvoir se regarder en face.

— Allons-y, fit-elle d'une voix aussi détendue que possible. Peut-être aurons-nous même le temps de faire une partie de tennis avant le dîner...

— Tu as l'intention de t'épuiser? demanda Sloane avec un sourire moqueur.

Suzanne rougit et détourna les yeux: il n'avait donc aucune pitié... Mais elle savait aussi qu'il avait raison. Mieux valait pour elle avoir un exutoire à la tension qui l'habitait depuis le matin. Dans le cas contraire, elle ne pourrait jamais trouver le sommeil. Et la perspective de passer une nuit d'insomnie dans la même chambre que Sloane ne lui souriait guère...

— Si tu veux, je te laisserai gagner, dit-elle avec un sourire.

Sloane éclata de rire et tendit la main vers elle. Après un instant d'hésitation, elle la prit et ils remontèrent le sentier vers l'hôtel.

— On dit que tu vas probablement gagner l'affaire Allenberg, remarqua-t-elle après quelques minutes d'un silence éprouvant.

— J'espère, répondit simplement Sloane d'un air préoccupé.

Suzanne le regarda avec surprise : tout le monde savait que Sloane était l'un des avocats les plus compétents et consciencieux dans son domaine. Il étudiait chacun de ses dossiers avec la même passion et la même attention, traquant le moindre détail avec un acharnement proverbial. De plus, c'était un plaideur hors pair qui savait retourner un jury avec une habileté proprement diabolique.

— Tu as des doutes ? demanda-t-elle, étonnée.

— Disons qu'il faut toujours tenir compte des éléments inattendus...

— Mais tu connais le dossier par cœur...

— J'ai appris récemment que l'on ne connaissait jamais vraiment les choses ou les gens... Jusqu'à ce que tout tourne mal, en tout cas, remarqua-t-il en la regardant droit dans les yeux.

5.

Le sentier qui remontait vers l'hôtel était envahi de mauvaises herbes et de pierres qui ralentissaient leur progression. Suzanne songea que le personnel de l'hôtel évitait sans doute de trop l'entretenir afin de donner aux clients l'impression de se trouver au beau milieu d'une forêt vierge.

— Nous serions probablement allés plus vite en passant par la plage, remarqua-t-elle.

— C'est vrai... Mais ici, au moins, nous n'avons pas à escalader de rochers et tu ne risques pas de te blesser de nouveau.

— Ce n'est pas ma faute si j'ai glissé, protesta-t-elle. C'est l'effet que tu as sur les gens !

— Tu veux dire que, chaque fois que quelqu'un me voit, il glisse sur un rocher ? ironisa Sloane.

— Non... Je veux dire qu'on ne peut réagir que de deux façons à ton égard : soit en étant fasciné, soit en te fuyant...

Sloane ne répondit pas et parut réfléchir à ce qu'elle venait de lui dire. Tous deux continuèrent à avancer en silence sous l'ombre des grands arbres, d'où s'envolaient parfois des oiseaux multicolores effrayés par leur approche. En d'autres circonstances, songea Suzanne avec amertume, elle aurait été la plus heureuse des femmes sur cette île, seule en compagnie de Sloane. Mais les choses avaient changé et tout ce qui les avait rapprochés semblait s'être évanoui, ne laissant que le désir qu'ils avaient l'un de l'autre.

— Dis-moi, Suzanne..., reprit Sloane au bout de quelque temps. Peux-tu me dire ce qui t'a poussée à partir?

Malgré la chaleur étouffante qui régnait dans la jungle, une sensation de froid glacial envahit la jeune femme. Que pouvait-elle répondre à cela? Qu'il l'avait trahie, qu'en la trompant, il avait brisé les rêves qu'il lui avait lui-même offerts?

Au fond, songea-t-elle, ce n'était pas la véritable raison qui l'avait incitée à le quitter, à abandonner le bonheur qu'elle avait trouvé auprès de lui. Non... Cela n'avait été qu'un catalyseur, l'électrochoc salvateur qui lui avait fait comprendre qu'une femme comme elle ne pourrait jamais être à la hauteur de Sloane Wilson-Willoughby.

Même s'il ne l'avait pas trompée, il se serait lassé d'elle tôt ou tard. Il appartenait à un monde dont elle n'avait jamais fait partie, un monde de luxe et de raffinement dont il lui avait ouvert les portes l'espace de quelques mois. Mais un jour serait venu où, inévitablement, il les aurait refermées, la laissant plus malheureuse encore qu'elle ne l'avait été en le quittant.

C'était la véritable raison de son départ. La seule raison valable de quitter cet homme qu'elle avait tant aimé et qu'elle aimait encore, malgré tout...

— Ecoute, Sloane, commença-t-elle d'une voix amère. Nous ne faisons pas partie du même univers, toi et moi... Je n'ai pas été dans l'une de ces écoles privées que tu as fréquentées. Je ne suis pas allée à l'université en Angleterre et aux Etats-Unis comme tous tes proches... Nos valeurs et nos modes de vie sont entièrement différents et, pour la majorité de tes amis, je n'étais qu'une petite arriviste qui espérait avoir une part du gâteau familial. Pour eux, notre liaison était acceptable, tolérable... Mais ils n'auraient jamais compris que nous nous mariions.

— Je vois, dit Sloane d'un ton aussi indéchiffrable que le regard qu'il lui lança. C'est pour cela que tu es partie. Parce que tu ne te sentais pas à la hauteur...

Ces paroles percèrent le cœur de la jeune femme. La remarque de Sloane était cruelle mais elle devait bien reconnaître qu'au fond il avait raison. Elle l'avait quitté parce qu'elle ne supportait pas le sentiment d'infériorité que lui inspirait le milieu auquel il appartenait. La liaison qu'elle lui avait découverte n'avait fait que lui prouver qu'elle ne lui suffirait jamais, parce qu'elle n'était pas assez bien pour lui. Et c'était cela l'important et non, comme elle l'avait pensé au départ, le fait qu'il eût trahi sa confiance...

— J'ai pensé que tu restais avec moi à cause de cette alchimie qui existe entre nous... J'ai voulu croire que cela suffirait mais je sais à présent que ce n'est pas le cas.

— Et le reste ? Ne me dis pas que notre aventure n'était qu'une banale histoire de sexe !

— Le reste ? répéta Suzanne. Qu'est-ce qui te fait croire qu'il y avait autre chose ? Es-tu sûr que ce n'était pas simplement la touche d'exotisme que je t'apportais ? Un moyen de rompre avec ton monde, l'espace de quelque temps ? Mais tu te serais lassé, en fin de compte... D'ailleurs, on s'est chargé de me le faire comprendre !

— Que veux-tu dire ? s'exclama Sloane en la regardant fixement.

— J'ai reçu des appels anonymes... Des menaces de

l'une de tes bonnes amies de la haute société. Le procédé était douteux mais le message était clair.

— Des menaces ? répéta Sloane d'une voix blanche. Quel genre de menaces ?

— Des lettres anonymes... Des coups de téléphone... Des messages sur mon répondeur...

— Et que disaient ces messages ?

— Que je devais partir, te quitter... Que je n'étais pas le genre de femme qu'il te fallait.

— Mais pourquoi ne m'as-tu rien dit ? s'écria Sloane en la prenant par les épaules.

— Parce que au départ, je n'ai pas pris cela au sérieux. Je pensais que c'était juste une fille jalouse... Mais lorsqu'elle m'a foncé dessus en voiture, un soir, alors que je rentrais du cabinet, j'ai compris qu'elle était très sérieuse.

— Tu aurais dû m'en parler !

— Tu étais à l'étranger, à ce moment-là, répondit Suzanne en le regardant droit dans les yeux. Tu n'aurais rien pu faire...

Sloane parut réfléchir puis pâlit et détourna le regard, comme pris en faute. Aux yeux de Suzanne, c'était un aveu plus éloquent que toutes les confessions : il n'y avait jamais eu de voyage à Londres... Sloane était resté à Sydney en compagnie de sa maîtresse.

Un instant, elle fut tentée de lui dire que c'était cette dernière, précisément, qui l'avait menacée... Peut-être aurait-il alors mis fin à sa liaison. Peut-être, pris de remords, lui aurait-il demandé de revenir vivre avec lui...

Mais elle savait que cela ne changerait rien : même s'il le faisait, même s'il lui jurait fidélité, plus rien ne serait jamais comme avant. Parce qu'elle saurait qu'en réalité elle ne lui suffisait pas. Parce qu'elle saurait

70

qu'il était revenu pour ne plus se sentir coupable... Et c'était la plus mauvaise raison du monde : jamais ils ne pourraient bâtir une relation solide sur le remords et le mensonge.

Suzanne comprit soudain qu'elle ne pouvait rien dire. Si elle lui avouait qu'elle l'avait vu avec une autre femme et que cette femme était celle qui l'avait menacée, il se sentirait forcé de l'épouser. Et cette pensée était intolérable. Mieux valait le savoir avec quelqu'un d'autre que de profiter de sa pitié...

— Qui t'a menacée ? lui demanda Sloane d'une voix où couvait une colère froide.

— Cela ne te regarde pas, répondit-elle.

— Quoi ? s'exclama-t-il avec rage. Comment peux-tu dire une chose pareille ?

Suzanne resta silencieuse, affrontant son regard, bien décidée à ne jamais le lui dire.

— Tu sais que je peux faire ma propre enquête, reprit-il d'un ton glacé. J'ai suffisamment de contacts pour le découvrir...

— Je ne suis pas certaine que tu aimeras ce que tu trouveras, répondit-elle sèchement. D'ailleurs, que pourrais-tu faire ? Je n'ai pas été blessée...

— Le harcèlement constitue un délit qui est passible d'une peine de prison, tu sais.

— Oui. Mais le père de cette personne est une personne très importante à Sydney, et sa réputation serait irréparablement ternie par un tel scandale... C'est pour cela que je n'ai rien fait et que je te demande de ne pas faire d'enquête.

Ce n'était qu'un demi-mensonge : le père de la maîtresse de Sloane était le principal associé du cabinet où il travaillait. En lui intentant un procès, Sloane aurait sans doute été condamné à démissionner.

— Tu me déçois, dit simplement Sloane.

— Pourquoi ? Parce que tu pensais que l'amour pouvait tout régler ? demanda Suzanne avec une pointe de cynisme. Nous ne sommes pas dans un roman, Sloane... Alors regarde la réalité en face et admets une fois pour toutes que c'est fini entre nous !

— Tu veux savoir quelle est la seule réalité pour moi, Suzanne ? demanda-t-il gravement.

Se penchant vers elle, il l'embrassa avec une tendresse infinie. Cette fois, Suzanne n'essaya pas de le repousser, sachant que c'était parfaitement inutile. Sloane n'était pas le genre d'homme à se laisser éconduire aussi facilement. Et la discussion qu'ils venaient d'avoir lui avait fait sentir une nouvelle fois combien il lui manquait, combien elle tenait à lui.

Leur baiser se fit plus passionné et elle sentit naître en elle un désir irrépressible. Son corps tout entier réagissait au contact des lèvres de Sloane, qui éveillaient en elle un frémissement qu'elle ne chercha pas à retenir.

Son cœur battait à tout rompre tandis que, lovée contre lui, elle s'offrait sans retenue, sans arrière-pensées, prise dans l'euphorie de cet instant magique et fragile. Il lui sembla que tous deux ne faisaient qu'un et elle gémit doucement contre sa bouche tandis que les mains de Sloane couraient sur son corps.

Lorsqu'elles glissèrent sous son T-shirt pour caresser doucement sa poitrine, elle se laissa faire, stupéfaite par l'intensité du plaisir que lui procurait ce simple contact. Impatient, Sloane ôta le vêtement qui faisait encore obstacle à son désir. Se penchant vers elle, il posa ses lèvres sur l'un de ses seins, dont elle sentit la pointe se dresser fièrement.

Une vague de joie sauvage la parcourut, emportant toute méfiance, toute incompréhension. Instinctivement, elle commença à caresser les cheveux de Sloane, puis ses épaules puissantes avant de descendre plus bas encore, agaçant ses reins, les griffant doucement dans le feu de la passion.

Lorsqu'il l'embrassa de nouveau et qu'elle sentit son désir d'homme contre elle, un tressaillement la parcourut tout entière. Profitant de son avantage, la main de Sloane glissa le long de son ventre, se jouant de son short, et se posa doucement sur sa féminité brûlante.

Tandis qu'il explorait avec une lente précision les replis les plus secrets de son anatomie, elle sentit tout son être s'embraser. Il lui semblait que courait dans ses veines un feu liquide et tandis que le plaisir la gagnait, elle comprit que Sloane avait raison : il était sa réalité. Jamais personne ne l'avait amenée à un tel degré d'abandon et de bonheur...

Puis toute pensée disparut alors qu'elle escaladait les degrés d'une jouissance sauvage, incoercible, qui s'emparait de chaque recoin de son esprit. Corps et âme, elle se noya dans cette sensation terrible, criant son plaisir contre la bouche de Sloane.

Lentement, elle revint à elle, comme l'on s'éveille d'un rêve, encore tremblante de la joie qu'il lui avait donnée. Et à mesure que sa conscience reprenait le contrôle de son corps, le doute et la honte l'envahissaient. Une fois de plus, il lui avait prouvé qu'elle ne pouvait lui résister...

Sans un mot, il s'écarta d'elle et remit ses vêtements en ordre tandis qu'elle le regardait, incertaine, vaincue. Luttant contre sa propre gêne, elle ouvrit la bouche sans même savoir ce qu'elle allait lui dire. Mais il ne lui laissa pas le temps de parler et posa un doigt sur ses lèvres.

— Ne dis rien. Admets seulement que ce que nous

partageons est bien plus fort qu'une simple toquade...
C'est la réalité et je n'ai aucune intention d'y renoncer.

Elle sentit son index caresser doucement sa joue tandis qu'il la contemplait d'un air pensif. Puis il sourit et posa un petit baiser sur ses lèvres tremblantes.

— Le jour où tu pourras me regarder en face et me jurer qu'il n'y a pas d'amour entre nous, alors je t'écouterai. Mais ne dis rien avant d'en être parfaitement sûre...

Suzanne resta silencieuse, incapable de comprendre ce qui se passait. S'il l'aimait autant qu'il le disait, comment avait-il pu la tromper ? Se pouvait-il qu'elle se soit méprise ? Ou bien était-il en train de se jouer d'elle une nouvelle fois, pour lui prouver qu'il était le seul à pouvoir décider de leur avenir ?

— Nous devrions rentrer, dit-il après un long silence.

Il se remit en marche et Suzanne lui emboîta le pas, résignée. Que pouvait-elle faire d'autre ? Comment ne pas admettre qu'il était capable de faire d'elle ce qu'il désirait ? Elle s'était offerte à lui sans retenue, et il aurait pu lui faire l'amour sans qu'elle lui opposât la moindre résistance... Il le savait aussi bien qu'elle, ce qui ne faciliterait certainement pas leurs relations durant ce week-end.

Sans mot dire, ils suivirent le sentier qui remontait vers l'hôtel. Lorsqu'ils atteignirent enfin le bâtiment principal, Suzanne constata avec surprise qu'il était déjà 17 heures. Dans une heure, ils devaient retrouver Trenton et sa mère pour l'apéritif...

— Que penserais-tu d'un petit plongeon dans la piscine ? lui demanda alors Sloane.

Suzanne hésita. Ce dont elle avait besoin, en ce moment, c'était de se retrouver seule. Mais, s'ils

74

retournaient au bungalow, elle serait de nouveau à la merci de Sloane, et cette idée lui était insupportable.

Nager ferait peut-être disparaître la tension que cet après-midi avait accumulée en elle, et la troublante sensation de chaleur qu'elle éprouvait depuis leur étreinte dans la forêt.

— Pourquoi pas ? fit-elle avec un sourire gêné.

Et, joignant le geste à la parole, elle se défit de ses vêtements et plongea dans la piscine. Le contact de l'eau sur sa peau brûlante l'aida à recouvrer ses esprits et elle nagea vigoureusement, comme si la fatigue pouvait l'aider à vaincre le malaise qui s'était installé en elle.

Au bout d'un moment, elle s'interrompit et se laissa flotter, les yeux fermés, repoussant toute pensée pour s'abandonner au moment présent. Après tout, elle se trouvait dans l'un des hôtels les plus luxueux du monde, sur une île paradisiaque. Elle n'avait à se soucier ni de son travail, ni de ce que pouvaient penser les autres. Peut-être devait-elle admettre que ce week-end n'était qu'une parenthèse et s'abandonner au plaisir que lui donnait Sloane sans se préoccuper de ce qui arriverait ensuite...

— Dormir dans l'eau n'est pas une très bonne idée, remarqua Sloane, qui l'avait rejointe dans la piscine.

— Je ne dors pas...

— Faisons la course, suggéra-t-il en riant. Cinq longueurs et le premier arrivé aura le droit de prendre sa douche d'abord... A moins que tu ne sois prête à partager, bien sûr, ajouta-t-il d'un ton gourmand.

Malgré elle, cette suggestion éveilla en Suzanne un frisson de désir. Mais, lorsqu'elle regarda Sloane, elle s'aperçut qu'il arborait un sourire moqueur.

— Il n'en est pas question, répondit-elle d'un ton décidé. De toute façon, je suis certaine de te battre...

— Vraiment? Alors je vais être beau joueur et te laisser une longueur d'avance.

Revenant à l'une des extrémités du bassin, ils se mirent en position et s'élancèrent. Suzanne était une très bonne nageuse mais Sloane avait l'avantage de la taille et de la puissance. Dès la troisième longueur, il rattrapa son retard et la dépassa. Mais, tandis qu'ils effectuaient la dernière, il ralentit volontairement pour la laisser remonter et ils touchèrent simultanément le bord du bassin.

— Zut! s'exclama-t-il, feignant la déception. Je crois que nous allons être obligés de nous doucher ensemble...

— Pas question! La course était truquée..., protesta Suzanne en riant. Tu as triché et c'est moi qui me laverai la première!

Sloane poussa un long soupir résigné :

— Pas de douche commune? fit-il comme un petit garçon déçu.

— Dans tes rêves! répliqua Suzanne en enfilant son T-shirt.

— Justement... Ils sont particulièrement réalistes en ce qui te concerne...

Suzanne rougit et détourna les yeux, préférant ne pas répondre. Sans le savoir, il venait de lui rappeler les premières semaines qui avaient suivi leur séparation : ses nuits avaient été hantées par des rêves plus érotiques les uns que les autres, où Sloane occupait une place de choix.

Tous deux se dirigèrent vers leur bungalow et, dès qu'ils furent arrivés, Suzanne gagna la salle de bains, constatant avec soulagement que Sloane n'essayait pas de la suivre. Lorsqu'elle se fut lavée et habillée, elle le trouva en train de choisir un pantalon et une chemise pour la soirée.

Il portait juste son maillot de bain, qui soulignait son physique irréprochable que le hâle d'une journée au soleil rendait plus irrésistible encore. Malgré elle, les yeux de Suzanne s'attardèrent sur ses larges épaules et ses longues cuisses musclées.

— Tu peux y aller, dit-elle en détournant les yeux à contrecœur.

Emportant ses vêtements, Sloane gagna la salle de bains tandis que Suzanne rangeait ses affaires. Elle s'aperçut alors qu'elle avait oublié sa trousse de maquillage dans la salle de bains et hésita à aller la chercher. Puis elle songea que c'était certainement la dernière chose à faire. Sloane ne manquerait pas de prendre une telle intrusion pour une invitation et elle savait à présent qu'elle n'aurait pas la force de lui résister.

Etrange, songea-t-elle, comme tout pouvait changer en si peu de temps. Quelques mois auparavant, ils étaient inséparables, incapables de retenir la passion qui les dévorait. Le souvenir des douches qu'ils avaient prises ensemble lui revint tout d'un coup et elle sentit son cœur battre la chamade.

A présent, elle ne pouvait se trouver auprès de lui sans éprouver un mélange paradoxal de méfiance et de désir qui la rendait folle. Que pouvait-elle faire ? En acceptant de faire l'amour avec lui le temps d'un week-end, elle aurait le sentiment de se trahir elle-même. Au fond, elle ne vaudrait guère mieux que cette Zoe — c'était le nom de la blonde avec laquelle Sloane était sortie...

Mais comment s'opposer à lui alors qu'il paraissait si décidé à la reconquérir ? Et comment expliquer qu'il ne lui ait pas fait l'amour alors que, deux fois déjà, il en avait eu l'occasion ? Etait-ce un moyen pervers de jouer avec elle au chat et à la souris? Ou bien espérait-il vraiment recommencer à vivre avec elle?

Dix minutes plus tard, Sloane sortit de sa douche.

— Tu as eu tort de ne pas partager cette douche avec moi, Suzanne, fit-il avec un sourire coquin. Ç'aurait été beaucoup plus agréable...

— Cela dépend pour qui..., rétorqua-t-elle vivement.

Sloane éclata de rire et secoua la tête:

— Je suis certain que tu aurais apprécié cela autant que moi.

— Certainement pas! s'exclama-t-elle, furieuse.

— Vraiment? demanda Sloane en parcourant des yeux le corps de la jeune femme.

Ce regard la transperça de part en part et elle eut soudain la désagréable sensation d'être nue devant lui, exposée à sa vue. Elle sentit les battements de son cœur affolé et détourna la tête, rougissante et furieuse. Comment pouvait-il avoir un tel pouvoir sur elle? C'était trop injuste...

Finalement, elle se leva d'un bloc et, rassemblant toute la force de sa volonté, elle lui fit face:

— Si tu penses que, parce que nous partageons la même chambre, tu as le droit de faire de moi ce que tu veux, tu te trompes lourdement!

— Tu devrais finir de te préparer, éluda Sloane en regardant sa montre. Sèche-toi les cheveux puis je jetterai un coup d'œil à ta main...

Il avait parlé d'une voix calme et assurée, mais elle ne savait que trop combien elle devait se méfier de lui. Mieux valait ne pas le provoquer!

Suzanne gagna donc la salle de bains et sécha ses cheveux avant de se remaquiller. Lorsqu'elle revint dans la chambre, Sloane avait sorti de l'antiseptique et des pansements de sa trousse à pharmacie.

— Ce n'est pas la peine de jouer les infirmières, protesta-t-elle. Je vais très bien...

— Ne sois pas ridicule, Suzanne. Je ne veux pas que la plaie s'infecte simplement parce que tu es trop fière pour te laisser soigner. Tu sais très bien quels sont les risques sous ces latitudes !

A contrecœur, elle le laissa désinfecter la plaie et appliquer un pansement.

— J'aurais pu le faire moi-même, dit-elle à Sloane en guise de remerciement.

— Ce n'est pas la peine de t'énerver, répondit-il avec une tranquille assurance. A moins que tu ne veuilles me donner l'occasion d'utiliser ton énergie de façon plus... productive.

— Vraiment ? Et que comptes-tu faire ? Me prendre de force ? Je ne te croyais pas si primaire...

— Je ne suis pas certain que j'aurais besoin de recourir à la force, objecta Sloane avec un calme exaspérant. Nous savons tous deux que tu ne résisterais pas bien longtemps...

Ils s'affrontèrent du regard et, pendant quelques instants, la pièce parut grésiller d'électricité statique. Mais Suzanne comprit que ce genre de tension était justement ce qu'elle devait éviter à tout prix. De la colère à la passion, il n'y avait qu'un pas que Sloane semblait tout prêt à vouloir franchir.

Faisant appel à toute la maîtrise d'elle-même qu'elle put rassembler, elle se força à parler d'une voix amène :

— Je pense que nous devrions aller rejoindre Trenton et ma mère. Je ne voudrais pas les faire attendre inutilement...

— Prudente politique, remarqua Sloane avec un sourire moqueur.

La jeune femme serra les dents, se répétant qu'il

agissait ainsi dans le seul but de la provoquer. Elle ne devait pas le laisser faire... Quoi que cela pût lui coûter, elle devait se montrer forte.

En silence, ils quittèrent donc le bungalow et se dirigèrent vers le restaurant, où Georgia et Trenton étaient déjà installés, devisant tranquillement devant un cocktail.

Leur présence redonna un peu de courage à Suzanne et tous quatre discutèrent de la cérémonie du lendemain. Vers 20 heures, ils commandèrent à dîner et purent se régaler de poissons pêchés le jour même et de fruits frais cueillis sur l'île.

— Georgia et moi projetions d'aller nous promener le long de la plage, déclara Trenton tandis qu'ils finissaient leur café. Vous venez avec nous ?

— Pas question ! Nous ne voudrions pas vous priver d'une balade en amoureux, protesta Suzanne en riant. D'ailleurs, j'ai déjà défié Sloane au tennis... N'est-ce pas, mon chéri ? ajouta-t-elle en lui lançant un regard ironique.

— C'est vrai, mon amour, répondit-il.

Il caressa doucement le bras de la jeune femme puis, prenant sa main, il l'embrassa avec tendresse sans la quitter des yeux.

— D'ailleurs, nous devrions aller nous changer...

— Attendons une demi-heure. Jouer juste après le repas n'est pas recommandé et je n'ai aucune intention de te voir succomber à une crise cardiaque sur le court. Cela gâcherait ce merveilleux week-end !

Trenton se leva en riant, suivi par Georgia.

— Vous devriez venir avec nous vous promener, dit cette dernière. Vous pourriez aller jouer ensuite.

— D'accord, accepta Sloane en se levant à son tour. Nous vous suivons.

Tous quatre descendirent donc le long du sentier qui

menait à la plage. Lorsqu'ils atteignirent le rivage, ils défirent leurs chaussures pour laisser l'eau caresser doucement leurs jambes tandis qu'ils remontaient la côte en discutant joyeusement.

La nuit était magnifique et les milliers d'étoiles qui parsemaient le ciel se reflétaient dans les eaux calmes du lagon. Une nuit de rêve pour les amoureux, songea amèrement Suzanne.

— Tout est prêt pour le grand jour ? demanda-t-elle à sa mère pour se distraire de ses sombres pensées. Tu ne te sens pas trop nerveuse ?

— Si... Je pense que j'aurai beaucoup de mal à fermer l'œil cette nuit ! Je n'arrête pas de me demander si tout se passera bien...

— Ne t'en fais pas, promit Trenton en lui serrant affectueusement la main. Je connais un excellent moyen pour te changer les idées.

Tous deux éclatèrent de rire et échangèrent un baiser où se lisait tout l'amour qui les unissait.

— En attendant, ajouta Trenton, nous serions ravis de vous rejoindre pour un petit match de tennis... Combien de temps comptez-vous jouer ?

— Cela dépend de Suzanne, répondit galamment Sloane qui avait passé un bras autour de la taille de l'intéressée.

— Je me sens particulièrement en forme, ce soir, déclara Suzanne, qui regretta aussitôt ces paroles à double sens.

— Moi aussi, répliqua Sloane avec un sourire moqueur. La partie risque donc d'être très intéressante...

Suzanne se força à ne pas répondre et regarda l'océan, qui s'étendait à perte de vue. C'était un endroit magnifique mais elle se sentait incapable d'apprécier la beauté du lieu, troublée par le contact du bras de Sloane autour de sa taille.

— Bien, fit son « fiancé » en s'arrêtant soudain. Un match nous attend ! Si nous ne vous voyons pas sur le court, nous saurons que vous avez mieux à faire, ajouta-t-il d'un air polisson à l'adresse de Trenton et Georgia. Et dans ce cas, nous nous retrouverons demain matin pour le petit déjeuner. 9 heures ?

— 9 heures, confirma son père en riant. Bon match...

Dès qu'ils se furent suffisamment éloignés de leurs parents, Suzanne s'arracha à l'étreinte de Sloane et tous deux revinrent à leur bungalow pour se changer.

6.

Sloane était un joueur de tennis hors pair. Il avait participé à plusieurs championnats universitaires lorsqu'il était plus jeune. Mais il adapta son jeu à celui de Suzanne et tous deux s'entraînèrent quelque temps avant de commencer leur match. La jeune femme parvint à remporter plusieurs points et Sloane lui en accorda d'autres par pure galanterie, lui offrant une défaite honorable 6-3, 6-4.

Cette marque de prévenance surprit Suzanne, qui s'était attendue à le voir la ridiculiser un peu plus, comme il l'avait déjà fait plusieurs fois ce jour-là. Mais Sloane paraissait à présent de bien meilleure humeur et elle-même se sentait un peu plus sûre d'elle.

Cette dépense d'énergie avait été très salvatrice, lui permettant de se défaire de l'agressivité et de la tension nerveuse qui s'étaient accumulées en elle tout au long de cette journée étrange.

— Ton revers s'est beaucoup amélioré, constata Sloane en lui tendant une serviette.

Suzanne essuya la sueur qui couvrait ses bras et ses jambes, admirant son adversaire, qui ne montrait aucun signe de fatigue. En fait, il ne semblait pas plus éprouvé par le match que par leur promenade sur la plage.

— Merci... Quant à toi, tu t'es conduit en véritable gentleman.

— Mon Dieu ! Un compliment ? Je n'en crois pas mes oreilles. Cela mérite d'être fêté dignement ! Allons boire un verre.

Ils regagnèrent le restaurant, où ils eurent la surprise de retrouver Trenton et Georgia, confortablement installés au bar. Suzanne les bénit de cette diversion inopinée, qui lui permettait d'éviter un nouveau tête-à-tête avec Sloane.

— Vous avez fini ? leur demanda Georgia. J'ai convaincu Trenton de venir faire un double avec vous...

— Ce n'était pas exactement le genre d'exercice que j'avais en tête, reconnut ce dernier en haussant les épaules. Mais ta mère sait se montrer très convaincante, ajouta-t-il à l'intention de Suzanne. Et je ne veux surtout pas la contredire avant que nous soyons mariés...

— Arrête, Trent, le réprouva gentiment Georgia. Tu vas gêner les enfants avec tes allusions déplacées...

Tous deux éclatèrent de rire et Suzanne songea avec mélancolie à la chance qu'ils avaient d'être si proches l'un de l'autre. Il n'y avait entre eux aucun mensonge, aucun non-dit pour ternir la force de leur amour. Si seulement il avait pu en être de même entre Sloane et elle...

— Je remarque que vous nous avez laissé le temps de nous fatiguer avant le double, observat-elle avec un sourire. Nous serons moins fringants que vous deux.

— Nous avons besoin de contrebalancer la différence d'âge, protesta Trenton. Tous les avantages sont bons à prendre ! D'ailleurs, je propose un match en un set. Il faut que Georgia et moi soyons en forme, demain.

— D'accord, acquiesça Sloane en se levant. Dans ce cas, allons-y. Nous allons vous donner une leçon d'endurance, à tous les deux !

Ils regagnèrent donc le court et commencèrent à jouer. Pendant une heure, tous quatre s'en donnèrent à cœur joie et Suzanne se réjouit de voir sa mère aussi gaie. Jamais, depuis la mort de son premier mari, elle ne semblait avoir été aussi heureuse. Ils retournèrent ensuite au bar pour prendre un dernier verre avant d'aller se coucher et, lorsque Georgia et Trenton prirent congé, il était presque 10 heures.

— Veux-tu que nous rentrions ou préfères-tu rester ici encore un peu ? demanda Sloane en les regardant s'éloigner.

— Nous pourrions aller nous promener, suggéra Suzanne, qui tenait à retarder l'heure où ils se retrouveraient seuls dans leur bungalow.

— C'est une nouvelle diversion, Suzanne ?

— Comment as-tu deviné ? demanda-t-elle, moqueuse.

— Tu as donc si peur de moi ?

— Oui, avoua-t-elle à contrecœur.

— Ton honnêteté me surprend, reconnut Sloane en se levant.

— C'est ce qui fait mon charme. On ne peut pas en dire autant de certaines personnes que je ne citerai pas...

— Ton charme ne se limite pas à cela, répondit Sloane en lui prenant la main pour l'aider à se mettre debout.

Ainsi, songea Suzanne, il continuait à éviter le

sujet de sa propre trahison. Mais elle n'avait pas le courage de supporter une nouvelle confrontation ce soir. La journée l'avait épuisée et l'approche de la nuit qu'ils devaient passer ensemble ne contribuait guère à lui donner confiance en elle. D'ailleurs, à quoi aurait-il servi de lui faire avouer ce que, visiblement, il préférait lui cacher?

Ils marchèrent quelque temps sous la pâle clarté de la lune, silencieux et pensifs. Lorsque, enfin, ils revinrent vers le bungalow, Suzanne gagna aussitôt la salle de bains, où elle s'enferma.

Après une longue douche, elle trouva assez de courage pour sortir et affronter Sloane une nouvelle fois. Il se tenait debout près de la fenêtre de leur chambre et contemplait la nuit.

— La salle de bains est libre, dit-elle simplement.

Il se tourna vers elle et la regarda longuement, admirant ses longues jambes dorées par le soleil et la courbe de ses seins, que révélait le T-shirt qu'elle avait enfilé pour dormir.

— Comment va ta main?

— Bien...

— Et ta hanche?

— Ça va, éluda-t-elle, peu désireuse de préciser qu'elle était enflée et excessivement douloureuse.

Elle n'avait aucune envie de voir Sloane jouer les médecins amateurs.

— Bonne nuit, ajouta-t-elle en gagnant son lit.

— Fais de beaux rêves, Suzanne. Et j'espère que j'en ferai partie...

Elle ne releva pas cette remarque ironique et attendit qu'il se fût enfermé dans la salle de bains pour s'allonger. Lorsque sa hanche entra en contact avec le matelas, elle se mordit la lèvre pour ne pas crier.

Essayant de faire le vide dans son esprit, elle tenta de repousser la douleur et de dormir.

Mais, en entendant l'eau couler dans la salle de bains, elle ne pouvait s'empêcher d'imaginer Sloane nu sous sa douche, et cette pensée ne l'aida guère à trouver le sommeil. Néanmoins, lorsqu'elle entendit la porte s'ouvrir et des bruits de pas étouffés sur la moquette de la chambre, elle se força à ne pas se retourner.

Longtemps, elle attendit dans le noir sans pouvoir s'endormir. La respiration de Sloane et la douleur qu'elle éprouvait se mêlaient pour la tenir en éveil jusqu'à ce qu'elle ne puisse plus y tenir. Il lui fallait absolument trouver un calmant ou un somnifère...

Se souvenant de la trousse de pharmacie que Sloane avait apportée, elle se leva en silence et, sans allumer la lumière, se dirigea vers la salle de bains. Là, elle trouva la trousse, qui contenait entre autres des cachets de paracétamol. Elle en prit deux, qu'elle avala avec un verre d'eau, puis elle éteignit la lumière et entreprit de retourner à son lit.

Mais, en chemin, elle heurta une chaise qui cogna contre le bureau, réveillant Sloane en sursaut.

— Qu'est-ce que tu fais ? demanda-t-il en allumant sa lampe de chevet.

— J'ai décidé de changer les meubles de place, ironisa-t-elle.

Il s'assit dans son lit, laissant glisser le drap qui révéla son torse musclé. Suzanne ne put s'empêcher de se demander s'il était entièrement nu mais elle repoussa cette pensée. C'était plus qu'elle n'en pouvait supporter...

— Tu aurais dû allumer la lumière, remarqua-t-il d'un ton de reproches.

Suzanne ne répondit pas et retourna se coucher,

poussant malgré elle un léger gémissement de douleur.

— Tu as mal à la tête ? s'enquit Sloane, radouci.

— Oui, répondit-elle en priant pour qu'il la laisse en paix.

— Tu veux que je te masse la nuque ?

— Non, merci.

— Ce n'était pas une proposition malhonnête, reprit-il, conciliant.

— Dieu merci !

— Sauf si c'est ce que tu attends, bien sûr, ajouta-t-il d'une voix très douce.

La simple pensée du corps de Sloane nu, tout près du sien, tandis qu'il la massait, éveilla en Suzanne un trouble qu'elle eut tout le mal du monde à dompter.

— Si tu t'approches de moi, je te casse le bras, promit-elle d'une voix glacée.

— Cela vaut peut-être le coup..., commenta Sloane en riant doucement.

Elle le vit repousser ses draps et faire mine de venir vers elle et, instinctivement, elle lui lança son oreiller à la figure. Mais cette provocation, loin de le dissuader, parut le convaincre de se lever et, en deux enjambées, il fut auprès d'elle. Sans un mot, il la prit par les épaules, la forçant à s'asseoir et à le regarder.

Pendant ce qui lui sembla une éternité, il resta immobile, se contentant de la contempler. Ses yeux étaient presque noirs dans la pénombre de la pièce et leur expression lui parut indéchiffrable. Puis il la repoussa doucement, l'allongeant sur le matelas. Elle sentit sa main se poser sur sa cuisse puis remonter jusqu'à sa hanche. La douleur fusa aussitôt, lui arrachant un cri de souffrance.

Sloane interrompit son geste et, écartant les draps,

remonta son T-shirt pour révéler un bleu impressionnant.

— Bon sang! s'exclama-t-il. Tu t'es promenée
dans la forêt et tu as joué au tennis alors que ta
hanche était dans cet état?

— Je n'avais pas mal, à ce moment-là, se défendit-elle sans grande conviction.

— Tu te conduis vraiment comme une enfant,
Suzanne, déclara Sloane en allant chercher une bouteille dans le petit réfrigérateur de la chambre.

— Qu'est-ce que tu fais? Tu comptes fêter ma
future infection au champagne? ironisa-t-elle.

— Très drôle! Le froid devrait permettre de calmer la douleur.

Joignant le geste à la parole, il appliqua la bouteille glacée sur l'ecchymoze. Peu à peu, Suzanne
ressentit les effets bienfaisants de cette anesthésie
artisanale.

— Qu'as-tu pris comme médicament? demanda
Sloane.

— Du paracétamol. Deux cachets...

La proximité de Sloane la troublait infiniment.
Pour ne plus voir son corps dénudé, elle ferma les
yeux. Mais son imagination prit le relais et cela
n'arrangea guère les choses. Tous ses sens semblaient être en éveil, comme si la simple présence de
cet homme démultipliait la moindre sensation.
L'odeur de son eau de toilette la rendait folle et le
contact de sa main sur sa hanche faisait courir sur
tout son corps des frissons involontaires.

Sloane commença à la masser délicatement et elle
s'abandonna à la sensation de bien-être qui l'envahissait. Sous ses doigts, elle sentait tous ses muscles
se détendre et, lorsqu'il la souleva pour la porter
jusqu'à son propre lit, elle n'eut pas la force de pro

tester. Il l'allongea délicatement et la recouvrit avant de s'installer auprès d'elle.

— Je ne crois pas que ce soit une bonne idée, protesta-t-elle faiblement.

— Tais-toi et détends-toi, murmura-t-il en passant un bras autour de ses épaules.

Instinctivement, elle se blottit contre lui, heureuse de se retrouver là. Elle avait l'impression d'être enfin à sa place, après des mois de solitude et de folie.

Un instant, elle fut tentée de le toucher, de sentir sous ses doigts sa peau si douce, ses muscles puissants. Le souvenir des nuits qu'ils avaient passées à faire l'amour lui revint, obsédant. Mais, au fond d'elle-même, une petite voix lui susurra que, si elle se laissait aller à cette impulsion, elle le regretterait amèrement dès le lendemain.

Se faisant violence, elle se força donc à rester immobile et à attendre qu'il s'endorme pour regagner la sécurité de son propre lit. Mais, avant d'avoir pu mettre ce projet à exécution, elle s'était elle-même endormie...

Suzanne fut éveillée par une délicieuse odeur de café. Il faisait jour et elle était seule dans la chambre du bungalow. Soulagée, elle ne put cependant retenir une pointe de déception. Se levant, elle revêtit l'un des peignoirs de bain que l'hôtel mettait à leur disposition et gagna le salon, où Sloane était installé, une tasse de café à la main, lisant le journal du jour.

— Bonjour, fit-il d'une voix amène, un gentil sourire aux lèvres.

— Salut !

— Comment va ta hanche ?

— Je n'ai presque plus mal.

— Tu es certaine ? Il reste une bouteille de champagne au frais, si tu veux...

— Je doute que ce soit nécessaire, répondit-elle en riant un peu nerveusement au souvenir de la nuit précédente. Bon, je vais aller me doucher.

— Bien. Il est 8 h 30 ; nous devons retrouver nos parents à 9 heures.

— Je serai prête, promit-elle en regagnant la chambre à coucher.

Après une douche rapide, elle enfila un pantalon beige clair et un chemisier blanc et se maquilla légèrement. Puis elle rejoignit Sloane et tous deux se dirigèrent tranquillement vers le restaurant. Sloane ne fit pas allusion à l'étrange nuit qu'ils venaient de passer et elle lui en fut infiniment reconnaissante.

Georgia et Trenton les attendaient sous la véranda du restaurant en prenant leur petit déjeuner.

— Nous sommes allés voir le lever de soleil, tout à l'heure, déclara Georgia après les avoir embrassés. C'était tout simplement magnifique...

Suzanne sourit en avisant la lueur de bonheur qui brillait dans les yeux de sa mère. Elle paraissait aux anges.

— Tu n'es pas trop nerveuse ? lui demanda la jeune femme d'un ton d'affectueuse complicité.

— Un peu... J'ai quelques doutes sur la tenue que j'ai choisie pour la cérémonie. Je me demande si je dois porter les chaussures à talons que j'avais choisies. Avec la traîne, cela risque de ne pas être pratique... Et puis, il y a ce chapeau que m'a conseillé la vendeuse. Je trouve qu'il ne me va pas...

— Je vois, dit Suzanne en dédiant un clin d'œil à Trenton, qui levait les yeux au ciel. Des doutes existentiels, en quelque sorte...

— J'ai beau lui répéter que je me fiche de ce qu'elle pourra bien porter, elle ne veut rien entendre, soupira son futur beau-père d'un air tragique.

— L'esprit des femmes prend parfois de bien curieux détours, remarqua Sloane, fataliste.

— Pas du tout, protesta Suzanne. C'est juste que les hommes ne nous comprennent pas... En tout cas, ajouta-t-elle à l'intention de sa mère, si tu as besoin de mon aide, je suis à ton entière disposition !

— Merci, ma chérie. Enfin quelqu'un qui me comprend !

— Nous voilà débarrassés d'elles pour quelques heures, dit Sloane à son père en riant.

— Au moins, approuva Suzanne sans pouvoir retenir un éclat de rire.

Sloane tendit la main vers elle et caressa doucement ses cheveux. Dans ses yeux, elle lut une lueur de tendresse qui la prit au dépourvu. Puis elle réalisa que cela faisait partie du rôle qu'il devait jouer devant leurs parents. En réalité, il ne voyait en elle qu'un objet de désir...

La jeune femme décida donc de se concentrer sur le petit déjeuner, qui était absolument délicieux. A 9 h 30, tandis que les hommes s'installaient au bar pour discuter de leurs affaires, Suzanne suivit sa mère jusqu'à son bungalow.

Dans la chambre, Georgia montra à sa fille la tenue qu'elle comptait porter pour la cérémonie. Puis elle alla l'enfiler afin que Suzanne puisse se faire une idée de l'ensemble. La jeune femme était stupéfaite : jamais sa mère ne lui avait paru aussi belle. Et le bonheur qu'elle éprouvait ajoutait encore au charme qui émanait d'elle.

— C'est parfait, dit simplement Suzanne. Absolument parfait !

— Même le chapeau ? demanda Georgia, incertaine.

— Surtout le chapeau ! C'est une pure merveille...

— Tu le penses vraiment ? s'enquit sa mère avec une moue coquette.

— Bien sûr... Maintenant, voyons quel rouge à lèvres conviendrait le mieux.

Elles essayèrent plus de cinq teintes avant de trouver le rose profond qui mettait le mieux en valeur les lèvres pleines de Georgia.

— Tu es superbe, commenta Suzanne avec un enthousiasme non feint. Je crois que Trenton va faire des jaloux...

— Tu es trop indulgente, ma chérie, protesta Georgia, qui paraissait cependant enchantée. Veux-tu que nous allions prendre un verre toutes les deux ? Nous pourrions discuter entre femmes pendant que les hommes parlent de leurs affaires...

Suzanne approuva avec enthousiasme, songeant que cela l'éloignerait de Sloane pendant quelque temps encore. Sa mère et elle regagnèrent donc le bar où elles commandèrent des margaritas.

— Buvons à ta santé, à cette journée merveilleuse et à ta vie future aux côtés de Trenton, s'exclama Suzanne en levant son verre.

Elles trinquèrent joyeusement et restèrent un instant silencieuses, heureuses d'être ensemble, à l'aube d'un événement qui allait transformer leurs vies.

— Tu sais, dit enfin Georgia avec un sourire complice, étant donné que je vivrai à Sydney avec Trenton, nous pourrons nous voir plus souvent... Nous déjeunerons ensemble, nous ferons du shopping et nous participerons aux fêtes de famille.

A ces mots, Suzanne se rembrunit, réalisant soudain que sa mère disait vrai. Maintenant qu'elle serait la belle-fille de Trenton, il lui faudrait sans doute assister aux réunions familiales et, inévitablement, elle y croiserait Sloane. Cette perspective ne l'enchantait guère, d'autant qu'elle n'était pas certaine de supporter de revoir son ex-fiancé au bras de quelque charmante jeune femme de la bonne société australienne...

— Sloane m'a dit que Trenton et toi comptiez aller à Paris pour votre voyage de noces, dit-elle afin de détourner la conversation, qui menaçait d'emprunter un tour dangereux. N'oublie pas de prendre des photos... Et, quand tu rentreras, il faut que tu me racontes tout ce que tu auras fait !

— Pas tout ! protesta Georgia en riant.

Suzanne éclata d'un rire gêné :

— Non, pas tout..., concéda-t-elle.

Sa mère sourit, rêveuse, et Suzanne réalisa alors combien elle l'aimait. Georgia était une femme exceptionnelle et une mère admirable. Il se dégageait d'elle un charme et un naturel qui ne manquaient jamais de séduire tous ceux qu'elle rencontrait. Et, surtout, elle possédait une générosité extraordinaire, une gentillesse innée qui lui permettaient de surmonter toutes les mesquineries de l'existence. Trenton Wilson-Willoughby était décidément un homme très chanceux...

— Tu te souviens du temps où nous vivions à Brisbane, toutes les deux ? Dans la maison avec cette adorable terrasse ?

— Bien sûr ! s'exclama Suzanne en riant. Je me souviens aussi de ce chat qui venait prendre le petit déjeuner chez nous, le déjeuner chez notre voisin et le dîner chez Mme Simmons... Il mangeait tellement que l'on aurait dit une grosse boule de poil !

C'était la période où elle était encore au lycée,

juste avant qu'elle décide d'étudier le droit à l'université. A cette époque, il lui semblait que son existence n'était qu'une incessante succession de petites joies et de plaisirs simples. Une vie heureuse et tranquille qu'il lui arrivait parfois de regretter amèrement.

C'était avant qu'elle ne rencontre Sloane...

7.

L'avion se posa sur la piste de Dunk Island et les invités descendirent un à un, suivis par le prêtre et le photographe chargé de couvrir la manifestation. Trenton avait insisté pour qu'aucun journaliste ne vienne perturber cette cérémonie, et un contrôle très strict avait été effectué avant l'embarquement.

Dès leur arrivée sur Bedarra Island, les convives furent conduits à leurs bungalows, où ils purent s'installer à leur aise avant de se retrouver pour le déjeuner. C'est là que Trenton et Sloane les rejoignirent, tandis que Georgia et Suzanne mangeaient dans le bungalow des futurs mariés.

Cela leur permit de s'habiller tranquillement et de veiller aux ultimes préparatifs du mariage. En fait, tout se déroula si bien qu'elles furent prêtes bien avant l'heure prévue et durent attendre patiemment le début de la cérémonie. Georgia était passablement nerveuse et Suzanne dut la réconforter, lui affirmant maintes fois que tout se déroulerait pour le mieux.

La jeune femme avait choisi une tenue très sobre mais particulièrement raffinée, constituée d'une longue jupe bleu pâle et d'une veste assortie qu'elle portait sur un chemisier au col rehaussé de dentelle. Elle avait décidé de laisser ses cheveux détachés et de se maquiller très simplement, ce qui ajoutait à sa mise un naturel charmant. Sa mère, quant à elle, était sublime sous sa grande capeline crème ornée de plumes d'autruche, et avec sa robe longue en mousseline vaporeuse.

— Bien, dit Suzanne en regardant sa montre pour la centième fois. Il va être temps d'y aller... Tu es prête ?

— Oui, je crois..., fit sa mère d'une voix hésitante.

— Alors, allons-y ! Et rappelle-toi que, dans une demi-heure, tu seras Mme Wilson-Willoughby.

Georgia sourit, les yeux voilés par l'émotion et Suzanne la prit par le bras. Toutes deux remontèrent vers le restaurant devant lequel devait se dérouler la cérémonie.

Les invités étaient déjà rassemblés de chaque côté du long tapis rouge qui menait à l'autel. Sloane prit délicatement la main de Georgia et la conduisit jusqu'à Trenton, suivi par Suzanne qui se rangea juste derrière le couple. Lorsqu'il eut confié la mariée à son père, Sloane revint auprès de la jeune femme pour assister à l'office.

Un soleil magnifique éclairait cette scène idyllique, conférant à la cérémonie une majesté et une beauté qui émut Suzanne bien au-delà des mots. Georgia, elle aussi, paraissait radieuse. Elle semblait avoir soudain rajeuni de dix ans et ses yeux brillaient d'un éclat de pur bonheur tandis que le prêtre initiait la cérémonie.

Lorsque Trenton et elle eurent échangé leurs serments et les alliances qu'ils avaient choisies, ils s'embrassèrent longuement sous les vivats de l'assemblée. Les larmes aux yeux, Suzanne alla serrer sa mère dans ses bras, incapable de parler dans l'intensité de ce moment.

Puis les nouveaux époux reçurent les félicitations de leurs invités et Suzanne put s'éloigner un peu. Elle fut aussitôt entourée par les amis de Sloane, qui commencèrent à discuter avec elle. La jeune femme ne tarda pas à comprendre qu'ils ignoraient tout de leur séparation et pensaient toujours que tous deux devaient se marier prochainement.

Elle ne chercha pas à les détromper, se demandant pourquoi Sloane ne leur avait rien dit. Etait-il trop fier pour admettre qu'elle avait rompu leurs fiançailles ? Ou espérait-il vraiment qu'ils parviendraient à régler leurs différends ? Se jurant de lui poser la question dès que possible, elle continua de deviser, feignant une gaieté qu'elle était loin de ressentir.

— Tu t'en tires très bien, lui glissa Sloane, qui lui avait apporté une coupe de champagne.

— Merci, mon chéri, répondit-elle d'une voix pleine d'ironie.

— Et tu es vraiment splendide dans cet ensemble...

— Pourtant, la concurrence est rude. Tu vois ces filles là-bas ? Ce sont les épouses de deux des plus grands industriels du pays et elles ne cessent de jouer les chipies. La dernière fois que je me suis approchée d'elles, elles se demandaient qui avait la robe la plus chère de la réception...

— Sandrine Lanier et Bettina Kahler, précisa Sloane en hochant la tête d'un air amusé. Oui... C'est tout à fait leur genre ! Cela dit, ne sois pas trop méchante avec elles ; Sandrine essaie vraiment d'être une bonne épouse, tu sais.

Suzanne hocha la tête : il était de notoriété publique que l'ancienne actrice avait renoncé à sa carrière pour se consacrer exclusivement à ses enfants et à diverses œuvres de charité. C'était une excellente hôtesse et, en dehors des mondanités habituelles, une femme charmante et spirituelle. Michel Lanier avait bon goût...

Bettina, en revanche, était complètement différente. Cette blonde sculpturale fréquentait tous les événements mondains, faisant assaut de superficialité et de snobisme en toute occasion et flirtant outrageusement avec tout homme assez beau ou assez riche pour retenir son attention. Lorsque Suzanne sortait avec Sloane, elle avait plusieurs fois surpris Bettina en grande discussion avec son fiancé, masquant à peine ses intentions à son égard...

— Ainsi, Bettina a épousé Frank Kahler, remarqua la jeune femme d'une voix pensive. Et je suppose que tu as assisté au mariage ?

— Oui, reconnut Sloane. Et j'ai excusé ton absence en disant que tu étais partie voir ta mère à Brisbane.

Suzanne le regarda avec étonnement, se demandant de nouveau pourquoi il avait à ce point tenu à sauvegarder les apparences. Que pouvait-il espérer alors d'une femme qui refusait même de répondre à ses coups de téléphone ?

— C'était une explication plausible, dit-elle enfin. Mais tu aurais tout aussi bien pu dire que notre liaison était terminée...

— Pourquoi l'aurais-je fait ?

— Parce que c'était la vérité !

— Je ne suis pas d'accord, répondit Sloane avec une assurance qui la prit complètement au dépourvu.

Comme pour prouver son assertion, il se pencha vers elle et l'embrassa. Ne voulant pas créer un scandale au beau milieu de la réception, Suzanne ne chercha pas à éviter ce baiser et s'abandonna, le cœur battant. Lorsque Sloane s'écarta d'elle, il lui fallut quelques instants pour reprendre ses esprits.

— Tu pensais vraiment que je me contenterais du petit mot que tu m'avais laissé ? demanda Sloane d'un ton moqueur sans la quitter des yeux.

— Pourquoi pas ? Tu ne penses pas que j'aurais pu

me lasser de voir des dizaines de riches et jolies jeunes femmes te tourner autour ?

— Non. Ce n'est pas du tout ton style, Suzanne. Et nous le savons tous les deux. Si tu n'avais pas douté de tes sentiments ou des miens, tu ne serais jamais partie. Et je suis certain que ton mot ne disait pas l'essentiel... Mais je le découvrirai, crois-moi, quoi qu'il puisse m'en coûter.

Furieuse, Suzanne le dévisagea, les yeux étincelants. Comment pouvait-il une fois de plus se conduire en victime ? Voulait-il vraiment qu'elle lui dise pourquoi elle était partie et ce qu'elle pensait de son infidélité ?

Mais, au moment où elle s'apprêtait à parler, ils furent interrompus par le photographe qui venait les chercher pour prendre les traditionnels clichés de la famille. Avec un soupir, la jeune femme le suivit et se prêta au jeu, renonçant momentanément à aborder le sujet qui lui tenait tant à cœur.

La séance de photo dura une éternité et Suzanne dut une nouvelle fois endosser ce rôle de fiancée amoureuse qui commençait à l'exaspérer singulièrement. Mais elle ne pouvait se permettre de gâcher les seules images qui paraîtraient dans la presse de cet événement mondain tant attendu...

Lorsqu'ils eurent fini, Sloane porta le toast traditionnel et les invités burent à la santé des nouveaux époux. Puis tous s'égaillèrent sur les pelouses de l'hôtel, discutant par petits groupes, un canapé ou une coupe de champagne à la main.

Sloane et Suzanne furent aussitôt rejoints par Bettina, qui les embrassa avec effusion. La tenue qu'elle avait choisie était une véritable déclaration d'intention : une jupe outrageusement courte, un chemisier moulant et une veste ajustée pour mettre en valeur son ample poitrine. Son maquillage et sa coiffure devaient être l'œuvre d'un des plus grands professionnels de Sydney et ses ongles étaient scrupuleusement manucurés.

— Cette idée de mariage sur une île déserte est tout simplement charmante, fit-elle d'une voix où la mondanité le disputait au cynisme. Malheureusement, Frank ne sait pas danser... Mais je compte sur toi pour m'inviter, ajouta-t-elle en décochant à Sloane une œillade incendiaire.

Suzanne retint à grand-peine la remarqua cinglante qui lui montait aux lèvres. Elle ne devait surtout pas laisser Sloane penser qu'elle était jalouse...

— Je doute que ma fiancée soit d'humeur très partageuse, remarqua-t-il pourtant en avisant son expression.

— Pas du tout, protesta celle-ci avec un sourire contraint. Tu peux danser avec Bettina puisque, de toute façon, je t'aurai pour moi toute seule dès la fin de la fête...

— C'est vrai, reconnut Sloane en portant la main de la jeune femme à ses lèvres. Et j'attends ce moment avec impatience...

Suzanne se força à sourire, admirant le talent consommé de comédien dont il faisait preuve. N'importe quel témoin les aurait pris pour le couple le plus amoureux du monde sans comprendre que tout ceci n'était qu'une bien triste farce.

— Je reprendrais bien une coupe de champagne, fit alors Bettina avec une pointe d'agacement dans la voix. Sloane, tu serais un ange si tu allais m'en chercher une...

— Prends-en deux, ajouta Suzanne en jetant à Sloane un regard moqueur tandis qu'il s'éloignait en direction du bar.

— Quel homme ! soupira Bettina avec une moue rêveuse.

— N'est-ce pas ? fit Suzanne, qui savourait sa trop évidente jalousie.

— Au fait, comment se fait-il qu'il soit venu seul à mon mariage ? Je me suis demandé un moment si vous ne vous étiez pas séparés...

— J'étais allée à Brisbane pour voir ma mère, mentit Suzanne.

— Quel doublé, quand on y pense, remarqua Bettina avec un sourire légèrement moqueur. La mère épouse Trenton et la fille s'apprête à épouser Sloane...

— Nous avons de la chance...

— Oui. Cela a dû être difficile de leur mettre le grappin dessus... Nombreuses sont celles qui ont essayé, pourtant.

— Qui sait ? Peut-être que Trenton et ma mère sont vraiment tombés amoureux...

Bettina éclata de rire comme si c'était la meilleure plaisanterie qu'il lui eût été donné d'entendre.

— Allons, Suzanne ! Personne ne tombe amoureux d'un homme riche... En épouser un relève de la stratégie plus que du sentiment.

— Vraiment ? Et c'est ainsi que vous avez réussi à séduire Frank ?

— Oui... Notre mariage est... disons, un échange de bons procédés.

Suzanne regarda le bracelet de diamants qui brillait au poignet de Bettina et hocha la tête.

— Un échange de bons procédés, murmura-t-elle, rêveuse. Je devrais peut-être essayer cela avec Sloane...

— Que devrais-tu essayer ? demanda ce dernier qui revenait avec leurs coupes de champagne, qu'il leur tendit galamment.

103

— Bettina et moi discutions de la façon de conquérir un homme, expliqua Suzanne avec un sourire ironique. Ainsi que de la façon d'en faire le meilleur usage... A ce propos, ajouta-t-elle d'un ton de fausse espièglerie, je ne sais pas si tu as remarqué mais ma voiture fait d'étranges caprices, ces temps-ci. Il serait peut-être temps que j'en change. J'envisageais de passer à une Porsche Carrera, par exemple... Noire, évidemment.

Avec une moue pensive, elle caressa sa lèvre de façon suggestive.

— Nous devrions peut-être en discuter plus tard... En tête à tête.

Sloane hocha la tête et, s'emparant de sa main, il l'embrassa avec une sensualité consommée.

— Je suis certain que nous pouvons trouver un compromis, dit-il en lui lançant un regard éminemment suggestif.

— Et quand comptez-vous vous marier? demanda alors Bettina d'une voix glaciale.

— Ma foi... Par égard pour nos parents, nous avons décidé de repousser la cérémonie, répondit Sloane avec assurance.

— N'attendez pas trop... Je connais certaines femmes qui seraient ravies de remplacer Suzanne devant l'autel, commenta Bettina d'un ton aussi détaché que perfide.

— Encore faudrait-il que je sois là pour les y rejoindre, répliqua Sloane avec une froideur qui parut prendre Bettina de court.

— Ce n'était qu'une façon de parler, déclara-t-elle un peu trop hâtivement. Je ne doute pas que Suzanne et toi vous aimiez profondément...

— Je suis heureux de te l'entendre dire, dit Sloane

du même ton glacé. Je n'aime pas les menaces, qu'elles soient impulsives ou préméditées...

Bettina rougit et détourna les yeux.

— Tiens, Frank..., s'exclama-t-elle avec un entrain factice. Si vous voulez bien m'excuser, ajouta-t-elle en se tournant vers le couple.

Ils la regardèrent s'éloigner à grands pas vers son mari, qui discutait avec le père de Sloane.

— Ta formulation était peut-être un peu brutale, remarqua Suzanne d'une voix égale.

— Non. Pas depuis que j'ai appris les menaces dont tu avais fait l'objet, répondit Sloane.

Suzanne lui jeta un regard pensif tandis qu'il allait discuter avec les invités. Comment pouvait-il se montrer aussi possessif à son égard alors qu'elle l'avait abandonné ? Croyait-il vraiment qu'elle reviendrait sur sa décision ? A moins que tout cela ne soit une nouvelle façon de sauver les apparences... Sloane préférait peut-être donner à ses amis l'illusion qu'ils étaient toujours fiancés pour pouvoir ensuite endosser l'initiative de leur rupture.

A 19 heures, les convives passèrent à table. Une fois de plus, Trenton avait magnifiquement fait les choses, veillant à ce que ne soient servis que des plats d'une finesse exquise. Sloane prononça un discours plein d'esprit dans lequel il souhaita à Georgia la bienvenue au sein de sa famille ainsi que tout le bonheur du monde.

Lorsque le gâteau de mariage fut servi, un murmure admiratif parcourut l'assemblée. C'était une superbe pièce montée décorée de fleurs en sucre qui était l'œuvre de l'un des plus grands pâtissiers d'Australie.

Sloane partagea sa portion avec Suzanne, portant lui-même la cuillère à la bouche de la jeune femme avec une sensualité qui la troubla malgré elle. Ils échangèrent ensuite un baiser passionné sous le regard des invités et elle dut une nouvelle fois se soumettre à cette délicieuse indiscrétion pour ne pas créer de scandale.

Puis les mariés donnèrent le coup d'envoi à la série de danses qui devait suivre et, dès le deuxième morceau, Sloane prit la main de Suzanne pour l'entraîner sur la piste. Tandis qu'ils évoluaient lentement au rythme d'une valse, elle sentit une nouvelle fois l'alchimie qui les unissait.

Instinctivement, leurs gestes s'accordaient, transformant une simple danse en expérience sensuelle, érotique. Dans les bras de Sloane, elle avait l'impression d'être en sécurité et, tandis qu'ils tournaient, elle songea qu'elle ne retrouverait sans doute jamais une telle complicité naturelle.

Ils étaient faits l'un pour l'autre, c'était indéniable. Malheureusement, songea-t-elle, la vie les avait séparés, plaçant entre eux une différence sociale telle qu'elle ne suffirait jamais à un homme comme lui. Retenant les larmes qui lui montaient aux yeux, elle se laissa bercer par la musique et les gestes tendres de Sloane, oubliant l'espace de quelques minutes tout ce qui les opposait. Elle aurait voulu que ce moment dure toujours...

Lorsque le morceau s'acheva, elle rejoignit Trenton, qui se tenait un peu à l'écart, observant les couples enlacés sur la piste.

— C'est un mariage splendide, lui dit-elle avec un sourire.

— Oui... Et Georgia est une femme extraordinaire, tout comme sa fille, d'ailleurs, ajouta Trenton en regardant sa femme qui dansait avec Sloane. Mon fils et moi avons une chance inouïe.

— Merci, répondit Suzanne, la gorge serrée.

— Je te promets que je prendrai bien soin de ta mère.

— Je sais, Trenton... Comme je sais que vous serez heureux, tous les deux.

L'un des convives vint alors inviter Suzanne à danser et la jeune femme passa l'heure suivante à virevolter aux bras de cavaliers empressés. Durant tout ce temps, elle ne quitta pas Sloane des yeux et vit que Bettina l'avait rejoint. Ils discutèrent quelque temps puis dansèrent ensemble.

La vue du couple éveilla en elle un sentiment de jalousie si violent qu'elle-même en fut surprise. Après tout, ce n'était pas la première fois qu'elle le surprenait avec une autre femme. Et, depuis qu'elle l'avait abandonné, il ne lui devait rien... Pourtant, elle ne pouvait supporter les promesses de sensualité qui se lisaient dans les yeux de Bettina, sur ses lèvres aguicheuses et dans la façon dont elle se pressait contre Sloane.

Lorsqu'ils se séparèrent, ce dernier invita de nouveau Suzanne à danser et elle se laissa guider, sans se départir cependant d'une certaine raideur. Et, quand Sloane essaya d'embrasser le lobe de son oreille, elle détourna la tête.

— Jalouse? demanda-t-il avec ironie.

— Moi? Pas du tout, mentit Suzanne avec si peu de conviction que son cavalier éclata de rire.

— Tu sais que tu trembles lorsque tu es en colère...

— Vraiment? grinça-t-elle en se retenant à grand-peine de le gifler.

— Et lequel d'entre nous deux rêvais-tu de tuer? demanda-t-il d'une voix très douce.

— Bettina, avoua-t-elle malgré elle. Cette femme est une véritable garce...

— Cela ne vaut vraiment pas la peine de te mettre dans des états pareils, tu sais.

Il la serra un peu plus contre lui ; à contrecœur, elle se laissa faire, posant une joue sur sa poitrine. Ils dansèrent ainsi durant quelques minutes puis se séparèrent. Suzanne rejoignit Trenton et Georgia tandis que Sloane allait discuter avec Frank, le mari de Bettina.

Au bout d'un moment, Suzanne quitta les mariés pour aller prendre l'air sur la terrasse, un peu étourdie par la chaleur qui régnait dans la pièce et par les coupes de champagne qu'elle avait bues. Là, elle s'accouda à la balustrade et observa le ciel étoilé, songeant aux sentiments contradictoires qui l'habitaient.

Il lui était impossible de nier l'attirance que Sloane exerçait sur elle, et la jalousie qui l'envahissait à l'idée qu'il pût trouver une autre femme pour partager sa vie. D'un autre côté, elle ne partageait pas les valeurs du monde dans lequel il vivait...

— Alors, ma belle solitaire, fit la voix de Sloane derrière elle. Es-tu en train de fuir une fois de plus ou as-tu vraiment besoin de te retrouver seule ?

Suzanne ne se retourna pas lorsqu'il l'entoura de ses bras protecteurs.

— Il y a un peu des deux, avoua-t-elle.

— Quelque chose ne va pas ? s'enquit-il gentiment.

— Je réfléchissais, c'est tout, éluda-t-elle en lui faisant face.

— Bien... Trenton et Georgia vont se retirer et je tenais à te prévenir pour que tu puisses leur souhaiter une bonne nuit.

— Il est donc si tard que cela ?

— Presque minuit...

— Mon Dieu ! Le temps a passé bien vite...

Sloane sourit et, la prenant par la main, il l'entraîna à l'intérieur, où ils rejoignirent leurs parents.

— Ah ! Te voilà, ma chérie ! s'exclama Georgia en l'embrassant sur les deux joues. Alors, comment as-tu trouvé cette fête ?

— Splendide ! répondit la jeune femme en serrant affectueusement les mains de sa mère.

— Trenton et moi allons nous coucher. Nous nous reverrons demain pour le petit déjeuner à 9 heures, d'accord ?

— Bien sûr.

Trenton prit alors sa nouvelle épouse par les épaules et tous deux se dirigèrent vers la porte sous les hourras des convives. Bettina rejoignit alors Suzanne et Sloane.

— Frank et moi allons nous promener sur la plage, dit-elle. Nous pourrions en profiter pour prendre un bain de minuit... Cela vous tente ?

— Non merci, répondit Sloane avec un sourire entendu. Nous avons d'autres projets...

— Une fête en petit comité ? demanda Bettina, les yeux brillants.

— Une fête à deux, répondit-il avec un clin d'œil coquin. Si tu veux bien nous excuser...

— Nous devrions dire bonsoir aux autres invités, remarqua Suzanne alors que Sloane l'entraînait vers la sortie.

— Nous n'en finirions pas. A moins que tu tiennes à rester ? ajouta-t-il en haussant les épaules.

— Non.

De toute façon, songea-t-elle, il lui faudrait bien se retrouver en tête à tête avec Sloane. Il ne servait donc à rien de repousser indéfiniment cette échéance, qui la rendait de plus en plus nerveuse.

Main dans la main, ils regagnèrent donc leur bungalow, où Sloane se défit avec un soulagement apparent de la veste et de la cravate qu'il avait portées tout au long de la journée. Il servit ensuite deux coupes de champagne et en tendit une à Suzanne avant de trinquer.

La jeune femme but à petites gorgées. Soudain, dans le silence, une sensualité presque palpable semblait avoir envahi la pièce, tandis que tous deux se regardaient, incertains.

Suzanne sentit les battements de son cœur s'accélérer et un frisson délicieux courut sur sa peau. Sloane allait-il la prendre dans ses bras et la conduire dans leur chambre? Malgré toutes ses bonnes résolutions, cette perspective lui paraissait particulièrement délicieuse, après tant de semaines d'abstinence...

8.

Sloane observa Suzanne avec attention, conscient de son désir et de la distance qu'elle s'entêtait pour une raison inconnue à maintenir entre eux. Il aurait voulu la prendre dans ses bras et la serrer contre lui, l'emporter dans leur chambre et lui faire l'amour.

Il songea à toutes les fois où ils avaient partagé ces moments d'intimité si intenses qu'il lui semblait se perdre et se trouver en même temps, s'abandonnant au plaisir qu'ils ressentaient. Il se souvint des cris de sa compagne tandis qu'elle approchait de ce moment magique, incertain et tremblant, qui la rendait plus belle encore.

Il pouvait presque percevoir l'odeur de son corps et les perles de sueur qui coulaient sur sa peau brûlante tandis qu'ils s'aimaient avec passion. Et, dans son esprit, naquit l'image obsédante de ses yeux fixés sur les siens, noyés de bonheur... Cette image l'avait hanté pendant des nuits entières, plus douloureuse encore que le souvenir de leurs baisers.

Il ne pouvait supporter de la voir si distante, à présent, lointaine et glaciale alors que tout en lui aspirait à la sentir contre lui, frémissante...

Suzanne vit l'expression de Sloane changer et la

douceur qu'elle avait lue dans son regard fit place à une froideur qui balaya son désir. Elle eut soudain l'impression de se trouver en face d'un étranger qui l'observait sans concession. Réalisant alors que tout ceci n'avait été qu'une mise en scène habile, elle se sentit envahie par le désespoir.

Ainsi, toute cette journée n'avait été pour lui qu'une nouvelle représentation. S'il avait joué les amants empressés, c'était simplement dans l'intention de convaincre les invités du mariage qu'ils formaient toujours le couple d'amoureux qu'ils avaient connu.

— C'était une fête merveilleuse, dit-elle d'une voix étranglée, retenant à grand-peine les larmes qui lui montaient aux yeux. Ma mère était radieuse...

Ses mots sonnaient faux, même à ses propres oreilles.

— Oui, répondit Sloane d'une voix indifférente. Une merveilleuse comédie et maintenant que le rideau est tombé, je suppose que nous sommes revenus à la case départ...

Le cynisme de son ton déchira le cœur de la jeune femme. Sentant qu'elle ne pourrait retenir plus longtemps ses sanglots, elle comprit qu'il lui fallait sortir de cette pièce. Si elle se laissait aller, la victoire de Sloane serait complète.

— Je... je crois que je vais aller faire un tour, articula-t-elle avec difficulté.

— Je t'accompagne, répliqua Sloane d'une voix très dure.

— Pas question. J'ai besoin d'être seule.

Et, sans attendre sa réponse, elle traversa la pièce et sortit. L'air tiède de la nuit caressa les premières larmes qui coulaient déjà sur son visage, et elle se mit à courir le long du sentier qui menait à la plage.

Là, elle s'assit sur le sable, donnant libre cours à son chagrin. Comment pouvait-elle avoir été aussi stupide ? Comment avait-elle pu croire que Sloane avait changé en si peu de temps ? Il était né dans un monde où seules comptaient les apparences, un monde où le plus important était de garder son rang, quel qu'en soit le prix.

Et c'était exactement ce qu'il avait fait : pour éviter le scandale, il avait joué les amants passionnés, se moquant éperdument de la douleur que cela pourrait lui causer. Il lui avait laissé entendre que tout était possible, qu'il l'aimait vraiment...

Mais le pire, c'était qu'elle avait été assez folle pour le croire et pour espérer. Elle avait même décidé de lui pardonner sa trahison, de lui donner une seconde chance...

Pendant plusieurs minutes, elle resta ainsi immobile, pleurant sur elle-même et sur le sort injuste qui l'avait jetée dans les bras de cet homme qu'elle ne pouvait cesser d'aimer, en dépit de tout. Puis, lentement, ses larmes se tarirent, laissant place à une dureté qu'elle ne se connaissait pas.

Après tout, songea-t-elle, elle n'avait pas le droit de se laisser aller ainsi pour un homme qui n'en valait pas la peine. Il lui fallait être forte et accepter l'inévitable...

Se relevant, elle ôta ses chaussures et marcha quelque temps le long de la plage, laissant l'eau lécher doucement ses chevilles. La lune se reflétait dans l'océan, lui donnant une teinte laiteuse et elle eut soudain envie de plonger dans cette étendue tiède et calme, de ne plus rien sentir d'autre que la caresse rassurante des flots sur son corps.

Après s'être dévêtue, elle avança donc dans l'eau et commença à nager vigoureusement. Puis, parvenue à quelques mètres du bord, elle s'allongea sur le dos et se laissa doucement dériver au gré du courant, les yeux tournés vers les étoiles.

Elle entendit un lointain bruit d'éclaboussures et, soudain, la tête de Sloane émergea à quelques centimètres d'elle, la faisant sursauter. Avant qu'elle ait pu protester, il s'approcha encore et la prit dans ses bras.

— Lâche-moi! s'écria-t-elle en tentant de s'éloigner de lui.

Mais il ne la laissa pas faire et l'embrassa avec une sorte de fureur qui lui coupa littéralement le souffle. Elle essaya de le mordre mais ne parvint qu'à rendre leur baiser encore plus érotique; elle sentit le désir de Sloane s'éveiller doucement contre son propre corps.

Passant un bras sous sa nuque et un autre sous ses jambes, il la souleva alors sans effort et la porta jusqu'au rivage, sans prêter attention à la rage avec laquelle elle se débattait. Parvenu sur la grève, il la prit sur une épaule et, de sa main libre, récupéra leurs vêtements éparpillés sur le sable.

— Mais qu'est-ce que tu fais? s'exclama-t-elle, furieuse et impuissante.

— Je ramasse nos affaires, dit-il simplement.

— Repose-moi immédiatement! ordonna Suzanne.

— Pas question! déclara Sloane en remontant le sentier sans paraître le moins du monde gêné par son étrange fardeau.

— Bon sang! On pourrait nous voir, s'emporta Suzanne.

— Peu importe... De toute façon, lui rappela-t-il, officiellement, nous sommes fiancés!

— Si jamais quelqu'un nous aperçoit, je ne te le pardonnerai jamais! ragea-t-elle.

Mais, fort heureusement, ils ne croisèrent pas âme qui vive et parvinrent bientôt à leur bungalow. Sloane, sans lâcher la jeune femme, gravit les quelques marches et, après avoir jeté leurs vêtements sur une chaise, il conduisit Suzanne directement dans la salle de bains.

— Qu'est-ce que tu comptes faire, à présent? demanda-t-elle, sentant l'angoisse l'étreindre soudainement.

— Prendre la douche commune que j'ai gagnée hier, dit-il comme si c'était la chose la plus naturelle du monde.

Ouvrant la cabine de la douche, il y déposa Suzanne et entra avant de refermer la porte derrière eux. La jeune femme le contempla, interdite, terriblement consciente de la nudité de Sloane et de son désir qui pointait insolemment entre eux.

Pour dissiper son propre trouble et donner libre cours à la colère qui l'habitait, elle lui décocha une gifle prodigieuse qui retentit durement contre sa joue. Mais lorsqu'elle voulut lever la main sur lui une deuxième fois, il s'empara de son poignet et le serra fortement:

— Tu veux te battre, Suzanne? lui demanda-t-il d'une voix très calme.

— Oui! répliqua-t-elle, frémissante de rage.

— Très bien, dit Sloane en relâchant sa main. Frappe-moi!

Ne sachant plus ce qu'elle faisait, Suzanne se rua sur lui, bourrant sa poitrine et ses épaules de coups de poing sans qu'il cherchât à arrêter ses attaques. En fait, il resta parfaitement immobile, supportant son agressivité en silence, ne la quittant pas des yeux. Finalement, vaincue, elle laissa ses mains retomber le long de son corps.

— Tu as fini? demanda-t-il avec le même calme. Alors, c'est à mon tour...

Et il la prit dans ses bras, la serrant contre lui, laissant ses mains courir sur son corps, trouvant avec une diabolique habileté toutes les zones les plus sensibles de son anatomie. Puis il l'embrassa avec une tendresse irrésistible, la provoquant par petites touches sans cesser de la caresser.

Suzanne sentit fondre en elle toute colère à mesure que s'éveillait au creux de son ventre une vague de désir incoercible qui montait en elle, submergeant toute méfiance, toute raison. Sans même s'en rendre compte, elle commença à lui rendre ses caresses et ses baisers. Son audace augmentait à chaque instant tandis que le plaisir montait du plus profond d'elle-même.

Elle comprit alors le besoin irrépressible qu'elle avait de lui. Elle voulait le sentir en elle, calquer ses mouvements sur les siens, faire corps avec lui pour ne plus former qu'un seul être, une seule chair. Mais Sloane semblait prendre un malin plaisir à ralentir le rythme de son exploration, cultivant en elle un mélange explosif d'attente et de frustration jusqu'à ce qu'elle cède enfin.

Prenant l'initiative, elle l'attira contre elle, se serrant contre ses hanches, gémissant l'envie qu'elle avait de lui. Et, lentement, il la souleva, et l'adossant contre le mur de la douche, il glissa en elle dans un long mouvement qui arracha à la jeune femme un cri d'extase.

Durant quelques instants, ils restèrent ainsi immobiles, intimement enlacés, suspendus entre deux instants de bonheur. Puis, lentement, il se mit à bouger, de plus en plus profondément à mesure que leur passion augmentait. Le plaisir les gagna soudain, balayant dans un même cri toutes leurs angoisses et toutes leurs peurs, ne leur laissant que l'évidence du désir éperdu qu'ils avaient l'un de l'autre.

Pendant longtemps, ils restèrent ainsi immobiles, silencieusement enlacés, le cœur battant, attendant que se dissipent les derniers tremblements du bonheur qu'ils venaient de se donner.

Enfin, Sloane posa sur les lèvres de la jeune femme un baiser empli de tendresse puis, s'emparant du savon, il commença à la laver doucement, ne négligeant aucune partie de son anatomie. A ce contact, elle se sentait fondre, se laissant aller au simple plaisir du ballet de ses mains sur son corps.

Il se savonna ensuite rapidement et tous deux sortirent de la douche. Là, il l'essuya comme une enfant, en profitant pour caresser sa peau sur laquelle il fit naître mille petits frissons de bien-être.

Suzanne comprit alors toute l'intensité du désir qu'elle éprouvait. Comment pouvait-elle se permettre d'y succomber? Même s'ils passaient un week-end torride, elle finirait par retrouver la solitude de son appartement, et les souvenirs délicieux se changeraient en regrets éternels...

— Sloane..., murmura-t-elle.

— Chut, lui dit-il dans un souffle en la prenant par la main.

La conduisant dans leur chambre, il l'allongea sur leur lit et commença à la caresser de nouveau. Alors que sa conscience vacillait pour faire place au désir renouvelé, la jeune femme songea qu'il était trop tard. Quoi qu'il arrive, elle regretterait ce week-end... Mais, en attendant, il valait sans doute mieux arrêter de penser et accepter les instants de bonheur éphémère que lui offrait Sloane.

Elle s'abandonna donc à ses baisers, répondant à chacune de ses audaces, s'offrant à lui sans retenue. Ils firent l'amour avec une ardeur sans cesse renouvelée qui les laissa brisés, rompus et comblés.

*

Lorsque Suzanne ouvrit les yeux, elle vit que Sloane l'observait. Sa silhouette athlétique se découpait à contre-jour devant la fenêtre, soulignant les courbes superbes des muscles de ses bras et de ses épaules.

— Bonjour, dit-il simplement. Tu as bien dormi ?

— Oui... Quelle heure est-il ?

— 8 h 15.

— Nous devrions prendre une douche et aller rejoindre nos chers parents pour le petit déjeuner, suggéra-t-elle.

— Nous y sommes obligés ? demanda-t-il d'une voix déçue.

— Je le crois, malheureusement...

— Pourquoi ne pourrions-nous pas rester ici et faire une petite sieste tous les deux ?

— Parce que j'ai une faim de loup, répondit Suzanne en riant. Et parce que tu as bien mérité ta pitance... En plus, je crois que je pourrais tuer pour une tasse de café ! ajouta-t-elle en se levant. Bien... Je vais aller prendre ma douche... Seule, précisa-t-elle avec un sourire moqueur. Sinon, nous risquons de ne jamais sortir d'ici !

— Tu as cinq minutes, l'avertit Sloane en riant. Après, je viens te rejoindre.

Il était presque 9 heures lorsqu'ils arrivèrent au restaurant. Suzanne choisit une table sur la terrasse et commanda du café, des fruits frais et des céréales.

— Vous êtes bien pâle, ce matin, fit la voix de Bettina derrière elle tandis qu'elle revenait du buffet. La nuit a été longue ?

— Assez... Et la vôtre ?

— Plutôt... J'essaie de convaincre Frank que je

vaux bien cette magnifique bague en émeraude et diamant que j'ai repérée chez Chelsea's...

— Je vois que vous ne perdez pas le nord, remarqua Suzanne avec un sourire moqueur.

— Pourquoi? Les femmes ont toujours consenti leurs faveurs en échange de cadeaux... C'est ainsi que le monde fonctionne. D'ailleurs, vous avez parlé vous-même de cette Porsche que vous vouliez vous faire offrir par Sloane...

— Une Porsche contre une nuit d'amour? s'exclama Sloane qui les avait rejointes. Il faudra bien plus que cela pour me convaincre...

— Vous voyez, dit Suzanne à Bettina en riant. Heureusement que j'ai des goûts simples...

— Moi aussi, ajouta Sloane en l'embrassant tendrement. Et tu suffis amplement à mon bonheur...

A ces mots, Suzanne sentit son cœur s'emballer. Si seulement il disait vrai, songea-t-elle avec un mélange indéfinissable d'amertume et d'espoir.

— Cette histoire de Porsche était juste une plaisanterie, précisa-t-elle tandis qu'ils regagnaient leur table sous le regard envieux de Bettina.

— Je sais...

— En fait, dit-elle en riant, ce qu'il me faudrait, c'est une Jaguar... Ça a beaucoup plus de classe!

Rejetant la tête en arrière, Sloane éclata de rire.

— Sloane..., commença Suzanne en recouvrant son sérieux.

— Je sais... Ne t'en fais pas : Bettina n'est qu'une peste. Ne fais pas attention à elle.

— Je crois qu'elle a vraiment un faible pour toi.

— Non... Je dirais plutôt qu'elle a besoin de se rassurer en séduisant tous les infortunés représentants de notre sexe qui ont le malheur de passer près d'elle. Je ne suis que l'une de ses multiples proies!

— Je ne suis pas d'accord. En plus d'être riche, tu es un homme très séduisant... Et c'est une double motivation pour une femme comme Bettina ! D'ailleurs, elle me l'a dit elle-même.

— Très bien. Dans ce cas, je te prendrai comme femme et Bettina comme maîtresse, déclara Sloane en riant.

En entendant ces mots, Suzanne fut parcourue par un frisson glacé. Comment osait-il rire de ces choses alors qu'il l'avait trompée ? Très pâle, elle le regarda droit dans les yeux, rassemblant le peu de volonté qui lui restait :

— Je ne serai jamais ta femme, déclara-t-elle, glaciale.

Sloane se figea et la contempla longuement, paralysé par la stupeur.

— Pourtant, je n'ai pas eu l'impression de te déplaire, cette nuit, articula-t-il lentement.

— Cela n'a aucun rapport.

— Je ne suis pas d'accord, protesta-t-il.

C'était la première fois depuis qu'ils se connaissaient qu'elle le voyait ainsi pris de court, et cela lui redonna un peu de courage.

— Cela n'a aucune importance... Ce qui s'est passé cette nuit ne change rien au fait que je sois partie. Nous en avons ressenti autant de plaisir l'un que l'autre mais ce n'était pas de l'amour, se força-t-elle à dire.

Jamais encore de simples mots ne lui avaient semblé aussi difficiles à prononcer. Sloane, quant à lui, la contemplait avec un mélange de rage impuissante et d'incompréhension.

— Alors ? s'exclama Georgia qui venait de les rejoindre. Comment vont nos deux amoureux ?

D'un même mouvement, Sloane et Suzanne se tournèrent vers les mariés qui s'installaient à leur table, un radieux sourire aux lèvres.

— Bien, parvint à répondre Sloane d'une voix hachée. Très bien... Et cette nuit de noces?

— Mon Dieu! soupira Georgia en levant les yeux au ciel.

— Je ne saurais mieux dire, opina Trenton en souriant. Bien..., ajouta-t-il, tandis que Georgia se dirigeait vers le buffet. Que diriez-vous d'une petite partie de tennis, cet après-midi?

— D'accord, opina Suzanne.

Mieux valait occuper son temps au maximum, songeait-elle. Tennis, baignade, longues promenades en solitaire, tout serait bon pour éviter de se trouver en tête à tête avec Sloane. Puis elle songea avec angoisse qu'il leur restait une nuit à passer ensemble. Allait-il essayer de nouveau de lui faire l'amour?

Cette question l'angoissait, d'autant qu'elle n'était que trop certaine de la réponse... Et elle savait qu'elle aurait le plus grand mal du monde à le repousser s'il avait cette idée en tête. Mais comment pourrait-elle se regarder en face si elle succombait une fois de plus?

Elle lui jeta un coup d'œil à la dérobée et s'aperçut qu'il la contemplait fixement, une expression de froideur sur le visage. Si seulement elle avait pu parler de tout cela à sa mère... Mais il était trop tard. Ils avaient si bien joué le rôle du couple heureux que cet aveu paraîtrait parfaitement incompréhensible, maintenant.

Peut-être devrait-elle rentrer à Sydney le jour même avec les autres invités... Mais comment aurait-elle pu l'expliquer? Terriblement mal à l'aise, elle essaya en vain de calmer les battements affolés de son cœur et de maîtriser sa respiration oppressée.

Dès la fin du repas, elle quitta la table pour aller discuter avec les convives, heureuse de cette diversion.

Pour la première fois depuis qu'elle avait rencontré Sloane et qu'il l'avait introduite dans la haute société, elle prit plaisir à discuter de coiffeurs, de modèles de haute couture et des derniers ragots mondains. Tout valait mieux que d'affronter ses véritables problèmes...

Sloane, quant à lui, semblait faire de même, discutant avec ses associés et avec les amis de son père, évitant soigneusement de croiser son regard.

— Alors, fit soudain l'une des amies de Georgia. Quand Sloane et vous fêterez-vous votre mariage?

— N'oubliez pas de nous envoyer les invitations suffisamment à l'avance, renchérit une autre invitée.

— Et si vous avez besoin d'un bon coiffeur, appelez Stephano. Il fait vraiment des merveilles...

— Et je vous accompagnerai chez Gianfranco pour choisir votre robe, si vous voulez...

— Vous pouvez vous recommander de la part de Claudia chez O'Neil, pour les fleurs...

— Vous savez que mon propre mariage a coûté plus d'un million? conclut Bettina en riant.

Vaincue, Suzanne battit en retraite, incapable de supporter un mot de plus. Elle rejoignit sa mère et discuta avec elle jusqu'au départ des convives, vers 11 heures.

Mais, lorsque l'avion décolla de Dunk Island pour Sydney, elle comprit qu'elle avait commis une terrible erreur en choisissant de rester...

9.

— Enfin seuls ! s'exclama Georgia en regardant disparaître l'appareil dans le ciel d'azur. Merci infiniment pour ce merveilleux week-end, mon amour, ajouta-t-elle en embrassant Trenton qui se tenait à son côté.

Suzanne les observa en silence, incapable de dominer une pointe de jalousie. Comment sa mère pouvait-elle être si heureuse alors qu'elle-même se sentait si désespérée ?

— Je crois que je vais sauter le déjeuner, dit-elle en se forçant à adopter un ton léger. Je vais aller m'installer sur la plage et lire tranquillement...

— D'accord. Retrouvons-nous au court de tennis à 16 heures, proposa Trenton avant de remonter avec Georgia vers le restaurant.

A pas lents, Suzanne se dirigea vers son bungalow. Là, elle eut la surprise de se trouver nez à nez avec Sloane, qu'elle croyait au bar. Un instant, elle fut tentée de battre en retraite et de retourner auprès de Trenton et Georgia ; mais les paroles de Sloane l'arrêtèrent dans son élan.

— J'ai discuté avec Bettina, dit-il d'une voix grave. Je voulais savoir à qui elle faisait allusion lorsqu'elle avait parlé d'une femme qui aimerait prendre ta place...

— Je ne pensais pas qu'elle parlait de quelqu'un en particulier..., remarqua Suzanne, incertaine.

— Si. Et j'ai appris de qui il s'agissait. Zoe...

Suzanne se figea, le dévisageant en silence.

— Je viens de l'appeler, reprit-il. Et elle m'a avoué que c'était elle qui t'avait envoyé les messages de menace dont tu m'as parlé.

Il se tut, attendant une réaction de la part de Suzanne. Mais celle-ci ne dit mot, suspendue à ses lèvres.

— Je lui ai dit qu'il valait mieux que nous ne nous revoyions plus, ajouta-t-il. J'ai ajouté que, si elle recommençait ce genre de choses, j'en parlerais directement à son père...

— Oh, Sloane..., balbutia Suzanne en s'approchant de lui.

Il se leva et la prit tendrement dans ses bras.

— Je te promets que cela n'arrivera plus jamais, dit-il avant de l'embrasser tendrement. Fais-moi confiance...

Ainsi, songea Suzanne, le cœur battant, il avait renoncé à cette femme pour elle... Elle sentit les mains de Sloane glisser sur sa nuque, caresser doucement sa gorge puis remonter jusqu'à sa joue. Lorsqu'il posa de nouveau ses lèvres sur les siennes, elle ne chercha plus à résister.

La prenant dans ses bras, il la porta jusqu'à leur chambre et la déposa doucement sur son lit. Puis il se déshabilla avant de défaire la robe de Suzanne, sans cesser de couvrir sa peau brûlante de baisers. Jamais elle n'avait eu autant envie de lui, et elle s'offrit à ses lèvres qui descendirent lentement le long de son corps, agaçant chacun de ses seins pour descendre plus bas encore vers son ventre.

Lorsque la bouche de Sloane se posa au creux de ses

cuisses, elle poussa un gémissement de pur plaisir. Son dos s'arqua sur le matelas, tandis qu'un frémissement la parcourait. Avec passion, Sloane explorait son intimité et elle sentit tout son être se dissoudre alors que, perdant toute inhibition, elle criait la joie qui montait en elle et l'emportait.

Le cœur battant, elle sentit son sang se changer en lave tandis que Sloane remontait doucement le long de son corps, s'arrêtant parfois, la laissant suspendue au-dessus d'un gouffre insondable d'extase pour reprendre sa lente progression jusqu'à sa bouche.

Puis, soudain, il se glissa en elle, lui arrachant un soupir qui se noya dans leur baiser. Suzanne eut l'impression de sombrer dans une mer brûlante, emportée malgré elle par un courant qui les dépassait, les jetait l'un contre l'autre dans un assaut de passion torride jusqu'à l'ultime délivrance. Alors, pantelants, comblés, ils retombèrent enlacés, tremblants de la passion qui les avait habités et refluait lentement au rythme de leurs caresses.

En fermant les yeux, Suzanne songea qu'elle était la plus heureuse des femmes...

Lorsqu'elle s'éveilla, elle sentit les lèvres de Sloane contre les siennes et ce contact évoqua en elle le souvenir de leur étreinte. Elle lui rendit son baiser puis s'écarta légèrement pour le contempler en souriant.

— Il est presque 16 heures, précisa Sloane en désignant leur réveil.

— Nous allons être en retard pour notre partie de tennis ! s'exclama la jeune femme sans être certaine de vouloir s'arracher aux bras de son amant.

— Je peux les appeler et leur demander d'annuler...

— Ils seraient déçus : c'est la dernière fois qu'ils

peuvent nous voir avant de partir pour Paris, souligna-t-elle à contrecœur.

— Tu as raison.

Après une rapide douche commune, ils gagnèrent le court de tennis, où leurs parents les attendaient déjà. Ils jouèrent pendant une heure, le temps pour Suzanne et Sloane de remporter une partie, puis se dirigèrent vers le bar pour siroter un cocktail.

— Décidément, soupira Georgia en prenant place dans l'un des confortables fauteuils de cuir, je me fais vieille... Une petite partie de tennis et me voilà épuisée...

— Une partie de tennis, un mariage, une nuit de noces..., énuméra Sloane en riant. Pas étonnant que vous soyez un peu fatiguée !

— Il faut trouver quelque chose de reposant pour notre dernière soirée tous les quatre, déclara Trenton.

— Nous pourrions regarder un film, jouer aux cartes ou nous promener une dernière fois sur la plage, suggéra Sloane en reposant son verre de piña colada.

— Une partie de cartes, c'est une excellente idée... Suzanne et moi nous défendons très bien et je pense que nous allons vous plumer, tous les deux, s'exclama Georgia avec entrain.

— Je suis d'accord, approuva Suzanne.

— Bien..., concéda Trenton en riant. Maintenant que nous sommes mariés, je n'ai plus rien à perdre, de toute façon ! Nous nous retrouverons à votre bungalow...

Ils finirent leurs verres puis retournèrent dans leurs bungalows respectifs pour se doucher. Mais à peine Sloane et Suzanne furent-ils seuls que leur passion s'éveilla. Ils firent une nouvelle fois l'amour, très tendrement, puis se préparèrent pour le dîner.

Suzanne enfila une robe de soie noire et se maquilla

légèrement, choisissant de ne porter qu'une chaîne en or que lui avait offerte sa mère, le jour de ses dix-huit ans. Sloane, quant à lui, revêtit un pantalon blanc et un blazer très sobres qui soulignaient encore sa puissante stature.

Main dans la main, tous deux retournèrent au restaurant. Pour la première fois depuis le début du week-end, ils ne faisaient pas semblant... Ils étaient réunis, après des mois d'éloignement qui apparaissaient à présent à Suzanne comme une intolérable torture.

Bien sûr, Sloane l'avait trompée, mais il s'était amendé, renonçant à Zoe pour pouvoir la garder auprès de lui. Ensemble, ils avaient surmonté cette épreuve et leur amour en était sorti grandi, purifié. Enfin, elle allait pouvoir savourer sans retenue le bonheur de vivre à son côté...

En arrivant au restaurant, elle se sentait d'excellente humeur et le dîner passa comme un rêve. Elle avait vraiment l'impression d'appartenir à une famille, désormais, et ce sentiment, nouveau pour elle, lui procurait une joie immense. Il lui semblait que, toute sa vie, elle avait attendu un tel moment. Une complicité sans retenue l'unissait à chacun des trois autres et c'était comme si l'amour qu'elle éprouvait pour Sloane s'en trouvait magnifié.

Le repas pantagruélique, les plaisanteries incessantes de Trenton et de Sloane, le rire de sa mère, tout contribuait à créer une atmosphère détendue qui témoignait mieux que tout de l'Eden retrouvé qu'elle avait l'impression de découvrir.

Après le dîner, ils se dirigèrent tranquillement vers le bungalow de Sloane et Suzanne. Là, ils s'installèrent autour de la table et Trenton sortit le paquet de cartes qu'il avait apporté avec lui.

C'était Georgia qui avait appris à Suzanne à jouer au

poker et, dès l'enfance, elle avait montré une redoutable habileté à ce jeu où se mêlaient la chance et la ruse. A l'université, elle avait passé des nuits à jouer avec ses amis. Ce n'était pas le fait de gagner qui l'intéressait — et cela faisait d'elle une adversaire d'autant plus inquiétante. En fait, elle avait développé un véritable don pour anticiper les réactions des autres joueurs et pour cacher sa propre stratégie.

Suzanne et sa mère gagnèrent donc sans mal les trois premiers tours et, tandis qu'ils attaquaient le quatrième, Trenton poussa un soupir désespéré :

— Je crois que je vais me coucher, dit-il en secouant la tête. Je n'ai vraiment pas de chance, ce soir...

— Si nous gagnons encore une fois, déclara Georgia, nous changerons de partenaires. Nous sommes bien trop fortes pour vous, les garçons...

— Je suis d'accord, opina Sloane. Cela redonnerait un peu de sel à cette partie qui me paraît jouée d'avance...

— Tu es sûre, maman ? demanda Suzanne en riant. Tu sais, c'est peut-être la dernière occasion que nous aurons de leur faire mordre la poussière...

— Je n'en suis pas certain, protesta Sloane en caressant la joue de la jeune femme avec tendresse. Je crois au contraire que vous êtes des adversaires redoutables dans bien d'autres domaines...

Le regard qu'il lui jeta était si lourd de sens que Suzanne rougit jusqu'à la racine des cheveux tandis que Trenton approuvait en riant.

— Tu vas embarrasser ma mère, s'exclama Suzanne d'un ton de reproches.

— Oh, je doute fort qu'il lui en faille si peu, objecta Trenton en riant de plus belle.

Georgia rougit à son tour et regarda sa fille avec un sourire complice.

— Tu as remarqué comme ils deviennent insupportables lorsqu'ils perdent! soupira-t-elle en secouant la tête. Je crois que nous avons porté un coup à leur sacro-sainte fierté masculine...

— Bien... Alors continuons à les humilier un peu, s'exclama la jeune femme en abattant une suite.

Trenton et Sloane se jetèrent un coup d'œil désespéré puis, d'un même mouvement, haussèrent les épaules avant de dévoiler deux malheureuses paires.

Ils changèrent alors de partenaires et le jeu se fit plus équilibré. Alors que les heures passaient, Georgia et Suzanne s'affrontaient dans un duel plein d'humour où elles firent assaut de coups de chance et de coups de bluff. Finalement, Ce furent Georgia et Sloane qui l'emportèrent de quelques points.

Entre-temps, le jeune homme avait fait de très rapides progrès, maîtrisant rapidement l'art du faux-semblant et de la stratégie propre au jeu. Une fois de plus, Suzanne comprit ce qui faisait de lui un avocat redoutable et un séducteur aussi acharné...

— Que diriez-vous d'un petit café? demanda-t-il lorsqu'ils eurent rangé les cartes.

— Non merci, répondit Georgia en jetant un coup d'œil à sa montre. Il se fait tard et une longue journée nous attend demain... Nous prendrons notre petit déjeuner vers 8 heures. Croyez-vous que vous vous sentirez d'attaque?

— Vous ne vous débarrasserez pas si facilement de nous, promit Suzanne.

— Bonne nuit, fit Trenton en prenant Georgia par la taille.

Dès qu'ils furent sortis, Suzanne regarda Sloane avec un sourire plus que suggestif.

— Enfin seuls ! s'exclama-t-il en riant.

— Oui... Mais il va falloir faire nos valises si nous voulons être prêts pour demain !

— Nous ferons ça dans la matinée !

— Allons, ça ne prendra pas longtemps, répondit Suzanne avec un sourire. Ensuite, nous aurons tout le temps de nous occuper l'un de l'autre.

— Dans ce cas, dit Sloane en haussant les épaules, autant en finir au plus vite...

Ils regagnèrent donc leur chambre et entreprirent de vider leurs armoires et de plier leurs affaires. Mais, au moment où Suzanne allait boucler sa valise, Sloane lui tendit un paquet-cadeau.

— Je crois que tu as oublié quelque chose, dit-il avec un clin d'œil.

Suzanne le regarda, stupéfaite.

— Allez, ouvre-le, insista-t-il avec un sourire d'encouragement. C'est un cadeau de réconciliation...

Ravie, elle commença à défaire le paquet mais, en voyant ce qu'il contenait, elle pâlit et observa Sloane, incrédule.

— Elle ne te plaît pas ? demanda-t-il, incertain.

Suzanne regarda de nouveau la superbe robe de soie blanche qu'elle ne reconnaissait que trop bien : c'était la même que celle qu'il avait achetée à Zoe, le jour où elle les avait surpris dans ce magasin de Sydney. Jetant un coup d'œil à l'étiquette, elle vit qu'elle venait du même magasin.

— Qu'est-ce que cela signifie ? demanda-t-elle d'une voix tremblante de rage. Est-ce que c'est une mauvaise plaisanterie ?

— Pardon ? demanda Sloane d'un air innocent. Je... je ne comprends pas...

— Qu'est-ce que tu veux, exactement ? Que je lui ressemble ?

— Mais..., commença Sloane en la regardant fixement. Que tu ressembles à qui ?

Suzanne le dévisagea en silence. Comment pouvait-il feindre encore une fois de plus ? Comment pouvait-il lui mentir après ce qu'il lui avait dit ? Elle se sentit soudain envahie par une colère froide, destructrice.

— Suzanne...

— Tu crois peut-être que tu peux m'acheter comme tu as acheté ta maîtresse ? s'écria-t-elle.

— Ma maîtresse ? répéta-t-il en devenant soudain très pâle.

— Ne nie pas ! Je vous ai vus tous les deux... Quand je pense que tu m'as promis de ne plus jamais la revoir ! Et maintenant... ça ! s'exclama-t-elle en jetant la robe sur le sol.

— Mais de quoi parles-tu ? demanda Sloane, abasourdi. Qui as-tu vu ?

— Zoe et toi, lorsque tu lui as acheté la robe. La même robe, précisa-t-elle, furieuse. Je te croyais plus imaginatif, pourtant... Tu aurais au moins pu choisir un autre modèle !

Sloane la regarda bouche bée puis, sans transition, il éclata de rire. Suzanne le dévisagea, les yeux emplis d'un immense mépris. Comment pouvait-il rire dans un moment pareil ? N'avait-il donc aucune dignité, aucun respect ?

— Mon Dieu ! s'écria Sloane sans cesser de rire. C'est ridicule... Ne me dis pas que tu es partie à cause de cela !

Cette fois, ce fut Suzanne qui le fixa avec stupeur. Ridicule ? Il trouvait ridicule qu'elle le quitte parce qu'il avait une maîtresse ? Mais quel genre de monstre était-il donc ?

Sans un mot, elle se détourna et quitta la chambre à

grands pas. Sloane la rattrapa dans le salon, la prenant par le bras. Elle tenta de se dégager mais il était bien plus fort qu'elle et la força sans mal à le regarder. Il paraissait avoir recouvré son sérieux et la contempla longuement, comme s'il cherchait à lire en elle quelque chose qu'il ne comprenait pas.

— Suzanne... Comment as-tu pu penser une telle chose ? murmura-t-il d'une voix empreinte de tristesse.

— Tu ne vas tout de même pas nier que tu te trouvais avec elle dans ce magasin alors que tu étais censé être à Londres ? demanda-t-elle, glaciale.

— Non, reconnut-il. Je ne le nie pas...

— Dans ce cas, conclut-elle, nous n'avons vraiment plus rien à nous dire !

— Mais tu ne comprends pas : cette robe était pour toi ! J'ai juste demandé à Zoe de m'accompagner parce que je voulais savoir quel effet elle ferait sur quelqu'un...

Suzanne le regarda, stupéfaite.

— Vraiment ? demanda-t-elle, incertaine. Et que faisais-tu à Sydney, ce jour-là ?

— Souviens-toi... Quel jour était-ce ?

— Je ne vois pas le rapport..., commença Suzanne.

— Quel jour ?

— Le 13 juin, répondit-elle après un long silence. Le jour où je suis partie.

— Le 13 juin, dit-il avec une pointe de mélancolie. Le jour où nous nous sommes rencontrés pour la première fois... Et c'est justement pour cela que j'avais décidé de revenir un jour plus tôt de Londres. Je comptais te faire une surprise et t'offrir cette robe. Mais, lorsque je suis rentré, tu n'étais plus là. A la place, j'ai juste trouvé ce mot stupide sur la table du salon...

Incrédule, Suzanne le contempla avec un mélange

de stupeur et d'espoir. Etait-il possible qu'elle se fût trompée à ce point sur lui? Etait-il possible qu'elle eût perdu tout ce temps pour rien? C'était trop absurde...

— Je t'aime, Suzanne, lui dit Sloane d'une voix très douce. Lorsque je suis avec toi, les autres femmes n'existent pas... Pourquoi aurais-je pris le risque de te perdre alors que tu es tout pour moi?

Le cœur battant, Suzanne ferma les yeux. Les mots de Sloane venaient de balayer les derniers doutes qui la hantaient, ne lui laissant plus qu'une seule certitude: il l'aimait... Et sa déclaration était le plus beau cadeau de réconciliation qu'il eût pu lui faire!

10.

Lorsque Sloane posa ses lèvres sur celles de la jeune
femme, elle lui rendit son baiser avec une passion sans
mélange, sans retenue, goûtant avec délices cette
preuve de l'amour qui les unissait. Tous deux tom-
bèrent à la renverse sur le canapé du salon, emportés
par le feu brûlant de leur désir et du bonheur qui les
avait envahis.

Mais, alors que Suzanne commençait à défaire la
chemise de Sloane, celui-ci s'écarta d'elle, retenant
son geste. Sans comprendre, elle le regarda se relever
et s'agenouiller devant elle.

— Avant de continuer, dit-il d'une voix rauque, il
faut que tu répondes à une question qui me brûle les
lèvres depuis que nous sommes sur cette île.

Suzanne se redressa, le fixant avec incertitude,
attendant qu'il continue.

— Mon amour, reprit-il, veux-tu m'épouser et vivre
avec moi pour le reste de notre existence ? Veux-tu être
la mère de mes enfants et ma seule et unique femme ?

Les larmes aux yeux, Suzanne tenta désespérément
de trouver les mots pour exprimer ce qu'elle ressentait.
Mais Sloane ne lui en laissa pas le temps.

— J'ai déjà le papier de la mairie, dit-il avec un
sourire qui la fit fondre. Tout ce que tu as à faire, c'est

à signer avant la cérémonie de mariage, qui doit avoir lieu demain matin...

— Demain ? articula Suzanne d'une voix tremblante. Tu es fou...

— Non, bien au contraire. Je veux t'épouser et, cette fois, je ne compte pas courir le risque de te voir disparaître.

— Mais nous ne pouvons pas...

— Oh, si ! Nous pouvons... J'ai demandé au prêtre de rester un jour de plus. J'ai les alliances. Et mon père et Georgia pourront nous servir de témoins...

— Mais comment savais-tu... ? commença Suzanne, stupéfaite.

— Je t'aime et, lorsque j'ai su que nous nous reverrions pour le mariage de nos parents, je me suis juré de te reconquérir et de faire ce que nous aurions dû faire il y a bien longtemps...

Il la regarda fixement tandis que Suzanne éclatait en sanglots, réalisant soudain à quel point il l'adorait et combien son départ avait dû lui faire de mal. Au milieu de sa joie, elle se maudit de n'avoir pas su lui faire confiance, de ne pas avoir su lui avouer ses doutes. Mais leur amour avait fini par triompher malgré tout.

— Nous pourrons retourner à Sydney dès demain et organiser une cérémonie plus officielle, si tu veux, reprit-il. Tu pourras choisir la date, les invités, la robe que tu porteras, tout ce que tu désires... Peu m'importe tant que je suis avec toi. Tout ce que je souhaite, c'est t'épouser dès demain et savoir que plus rien au monde ne pourra nous séparer.

— Demain..., murmura-t-elle, encore incertaine.

Comment croire à un tel bonheur après les semaines de torture qu'elle s'était infligées ? C'était trop beau pour être vrai !

— Demain, répéta-t-il très doucement.

— Tu avais tout prévu, n'est-ce pas?

— Le jour où je t'ai rencontrée, j'ai su que c'était toi que j'épouserais et personne d'autre. Tu ne crois tout de même pas que j'allais renoncer aussi facilement?

Elle rit au milieu de ses larmes et Sloane l'embrassa avec une douceur aussi infinie que l'amour qu'il lui portait.

— Je suppose que Trenton et ma mère étaient au courant...

— Pourquoi crois-tu qu'ils aient choisi cette île déserte? Pourquoi crois-tu qu'ils aient insisté pour que nous passions quatre jours ensemble?

— Mais si je n'avais rien dit...?

— Tu es bien trop honnête pour cela, mon amour. Je savais que tu avais juste besoin de temps pour m'avouer ce que tu avais sur le cœur. Je savais que tu m'aimais depuis le début...

— Tu as donc tellement confiance en moi?

Il resta longuement silencieux avant de répondre, se contentant de la contempler avec une tendresse qui gonfla le cœur de Suzanne de bonheur, dissipant tous les nuages de l'angoisse et du doute.

— Plus encore que tu ne le crois, dit-il enfin.

— Merci..., fit-elle simplement en se penchant vers lui pour lui offrir un baiser ardent.

— Bien, je crois que nous avons un mariage à organiser, déclara Sloane lorsque leurs lèvres se séparèrent enfin.

— Mais je n'ai rien à me mettre, protesta Suzanne.

— Pourquoi crois-tu que j'ai attendu ce soir pour t'offrir mon cadeau de réconciliation? Bien sûr, ajouta-t-il, les yeux pétillants de malice, après le traitement que tu lui as fait subir, il faudra la faire repasser...

— Je ne crois pas que cela soit un problème, reconnut Suzanne avec un sourire amusé.

— Est-ce que cela veut dire que tu acceptes ?

— Je ne sais pas..., dit-elle en riant. Il faut encore que je goûte avant d'être sûre, ajouta-t-elle en l'embrassant de nouveau. Je t'aime, dit-elle alors, et je veux être ta femme.

— Et moi ton mari pour toujours.

— Je me demande ce qu'en penseront nos parents ! s'exclama Suzanne. Ils vont sans doute croire que nous sommes fous...

— Ou terriblement amoureux, comme eux. Mais je suppose que, de toute façon, ils seront ravis...

— Nous pourrions aller marcher au clair de lune, suggéra la jeune femme.

— J'avais une autre idée en tête, répliqua Sloane. Mais nous ferons comme tu voudras...

— Faisons un compromis : commençons par ce que tu avais à l'esprit puis, s'il te reste un peu d'énergie, nous irons nous promener sur la plage.

— Tu comptes donc m'épuiser ? demanda-t-il en la prenant dans ses bras.

La soulevant sans effort, il la porta jusqu'à leur chambre et l'allongea sur le lit. Puis, lentement, presque cérémonieusement, il se déshabilla sans la quitter du regard. Suzanne le contempla, fascinée par la sensualité qui se dégageait de chacun de ses gestes. Tandis qu'il s'asseyait auprès d'elle, elle se défit de ses propres vêtements et, bientôt, ils furent nus l'un contre l'autre.

Enlacés, ils prirent le temps de laisser le désir monter en eux au gré de leurs caresses. Plus rien ne les pressait, à présent, et ils retrouvaient avec émerveillement leurs corps, s'offrant l'un à l'autre avec une intimité qu'ils n'avaient encore jamais ressentie.

Suzanne admira le torse de Sloane, le parcourant des lèvres tandis qu'il caressait ses cheveux. Puis elle descendit plus bas encore. Entre ses doigts, elle sentit la puissance de l'homme qu'elle aimait, sa noble virilité dressée vers elle comme un appel irrésistible. De sa bouche et de ses mains, elle lui rendit hommage jusqu'à ce que Sloane la repousse doucement et se mette à son tour à explorer sa chair frémissante.

La jeune femme sentit un bonheur immense l'envahir, fait de la joie qu'il lui procurait et de l'amour qu'elle éprouvait pour lui. Chacun de leurs gestes était une nouvelle preuve de tendresse, un nouveau serment de passion éternelle. Maintenant qu'ils étaient réunis, plus rien ne pourrait jamais les séparer. Perdus, ils s'étaient rejoints et leurs sentiments s'en trouvaient comme magnifiés.

Lorsque Suzanne s'ouvrit et sentit Sloane pénétrer en elle, elle poussa un long soupir de pur délice et, lorsqu'ils commencèrent à bouger à l'unisson, un plaisir terrible les envahit, incoercible. Ensemble, ils gravirent un à un les degrés d'une passion qui semblait ne jamais devoir finir.

Leurs bouches se cherchaient, s'unissaient et se séparaient tandis que leurs corps ondulaient en un parfait accord, composant une symphonie de sensations exaltantes qui les conduisit enfin jusqu'à une extase qu'ils n'avaient encore jamais connue. Tremblants, le souffle court, ils restèrent ainsi pendant quelques instants, suspendus dans l'attente d'une délivrance qui les emporta comme une lame de fond, balayant toute conscience dans un maelström torride de sensations.

Pendant de longues minutes, tous deux restèrent silencieux, comme stupéfaits par l'intensité de leur propre plaisir. Puis, nichés dans les bras l'un de l'autre, ils s'endormirent.

Lorsque Suzanne ouvrit enfin les yeux, elle constata avec stupeur que plusieurs heures s'étaient écoulées et que les premiers rayons du soleil baignaient déjà leur chambre silencieuse.

— Je crois que la promenade au clair de lune devra attendre, dit enfin Sloane d'une voix amusée.

— Bien... Il ne nous reste plus que l'option de la baignade matinale !

Sloane éclata de rire et elle se releva, prenant appui sur son coude pour mieux le regarder, admirant ce corps magnifique qui savait lui donner tant de plaisir.

— Tu crois que je n'en suis pas capable ? demanda-t-elle d'un air mutin.

— Peut-être... En tout cas, j'insiste pour venir avec toi. Je ne voudrais pas que tu te noies le jour de notre mariage !

— Parce que tu crois peut-être que tu es plus fringant que moi ? demanda-t-elle en caressant doucement son torse.

— Descends encore de quelques centimètres, répondit-il avec un sourire empli de malice, et je me ferai un plaisir de te le prouver...

Suzanne s'exécuta et sentit sous ses doigts le désir de Sloane qui s'éveillait à son contact. Il la fit alors rouler sur le dos et l'embrassa sauvagement, enflammant tous ses sens en quelques instants. Ils firent l'amour avec passion, inventant mille jeux pour renouveler le plaisir inextinguible qu'ils partageaient.

— Je pense que nous devrions vraiment aller nager, dit-elle enfin en recouvrant son souffle. Sinon, nous ne sortirons jamais de cette chambre...

— Ce n'est pas moi qui m'en plaindrai...

— Vraiment ? Et notre mariage ? Tu l'as déjà oublié...

— Tu as raison, soupira Sloane en se levant brusquement. Il y a des choses qui ne peuvent pas attendre !

Après avoir enfilé leurs maillots de bain, ils descendirent le sentier qui menait à la plage. Dehors, tout était silencieux et les premières lueurs du soleil nimbaient le paysage idyllique qui les entourait d'un halo doré et soulignait encore la beauté des lieux.

Lorsqu'ils atteignirent la plage, l'astre du jour se trouvait déjà au-dessus de l'horizon, donnant aux quelques nuages duveteux qui flottaient paresseusement dans le ciel une lueur mordorée. Bientôt, du fond de la forêt ils entendirent les premiers oiseaux commencer à pousser leur chant matinal.

— Tu veux que nous nous promenions le long du rivage ? suggéra Sloane en souriant à sa fiancée. Nous pourrions nous contenter d'une bonne douche bien chaude ensuite...

— Je vois, monsieur mon futur mari commence déjà à fuir ses responsabilités ! s'exclama Suzanne, moqueuse. Je n'aurais jamais dû accepter d'épouser une telle poule mouillée !

— D'accord ! Rien ne vaut un bon bain glacé pour remettre les idées d'une femme en place ! déclara Sloane en attrapant Suzanne par la taille pour la porter jusqu'à la mer.

— Sloane ! Je t'interdis ! Si tu fais cela, je change d'avis et j'épouse quelqu'un d'autre !

— Trop tard ! s'écria Sloane en plongeant sans lâcher la jeune femme.

Tous deux poussèrent un grand cri en plongeant dans l'eau fraîche.

Au petit déjeuner, ils retrouvèrent Trenton et Georgia et leur apprirent leur intention de se marier le jour même. Leurs parents semblèrent absolument ravis de cette idée et se mirent aussitôt à organiser la cérémonie avec l'aide du prêtre et du personnel de l'hôtel.

— Ma chérie, dit Georgia lorsqu'ils eurent fini le repas. J'aimerais que tu me suives dans ma chambre... J'ai quelque chose à te montrer.

Intriguée, Suzanne emboîta le pas à sa mère et toutes deux remontèrent vers le bungalow de cette dernière. Là, Georgia ouvrit son armoire et, à la plus grande stupeur de sa fille, en tira une magnifique robe de mariée. C'était une merveille de sobriété et d'élégance, plus belle encore que tout ce dont la jeune femme avait pu rêver.

— Mais... Comment...? bredouilla-t-elle, étranglée par l'émotion.

— Et bien... Sloane a pensé que, dans le cas où il réussirait à te convaincre, il te fallait une robe digne de cette occasion grandiose... Mais il ne voulait pas la voir avant le mariage et il m'a demandé de te choisir la plus belle et de l'apporter avec moi... Au cas où...

— Mon Dieu! s'exclama Suzanne, les larmes aux yeux. Merci, maman..., ajouta-t-elle en serrant sa mère dans ses bras avec effusion.

Elle essaya ensuite la robe, qui lui allait parfaitement. Lorsque, finalement, elle plaça le voile et se regarda dans la glace, elle éprouva un choc en réalisant soudain son propre bonheur. Elle allait épouser Sloane et c'était tout simplement le plus beau jour de sa vie...

— Tu es splendide! s'exclama Georgia en la faisant tourner sur elle-même, sans pouvoir retenir ses larmes de joie.

— Ne pleure pas, maman! supplia Suzanne. Sinon, je vais m'y mettre aussi et tous les efforts que nous avons faits pour me maquiller auront été inutiles ! Et, si nous sommes en retard, Sloane va accourir ici avec le prêtre pour être sûr que je ne lui échapperai pas, poursuivit-elle avec un sourire moqueur. La scène n'aura rien de romantique... De plus, que diront les journalistes d'une telle cérémonie ? Ils penseront qu'il s'agit d'un kidnapping plus que d'un mariage et Sloane risque encore de faire la une des pages mondaines !

— Tu as raison, admit Georgia en riant au milieu de ses larmes. Nous ne pouvons le permettre...

Lorsqu'elles furent prêtes, Georgia conduisit Suzanne jusqu'au restaurant, où le personnel de l'hôtel avait aménagé une chapelle improvisée, grâce à une superbe arche d'hibiscus et de frangipaniers et à un tapis rouge qui menait à l'autel que le prêtre avait installé sur l'une des tables.

Sentant la pression rassurante des doigts de sa mère sur les siens, Suzanne prit une profonde inspiration et, au son de la marche nuptiale, elles remontèrent lentement vers Sloane et Trenton qui les attendaient.

Tous deux se tournèrent vers elles et Suzanne nota soudain combien ils se ressemblaient. De haute taille, dotés de larges épaules, ils portaient l'un et l'autre un smoking noir qui soulignait leur silhouette élancée. Avec une émotion qu'ils semblaient avoir du mal à contenir, ils regardaient avancer vers eux les deux femmes de leur vie.

Il sembla alors à Suzanne que le temps s'arrêtait tandis qu'elle plongeait ses yeux dans ceux de Sloane. Tout lui parut disparaître, et ils échangèrent un regard où se lisaient une intense passion et mille promesses d'avenir. Lorsqu'il lui sourit, elle se sentit fondre et resta un instant immobile, tremblante, avant de reprendre sa marche vers lui.

Quand elle le rejoignit enfin, il lui prit la main et la

serra fortement dans la sienne, comme pour être sûr qu'elle ne partirait plus jamais loin de lui.

D'une voix un peu troublée, ils échangèrent leurs consentements avant de se passer aux doigts les alliances que Sloane avait pris le soin d'apporter... au cas où, songea Suzanne avec un nouveau serrement de cœur. Il avait dû l'aimer vraiment très fort pour prendre le risque d'organiser entièrement cette cérémonie alors qu'elle l'avait abandonné sans explications !

— Vous pouvez embrasser la mariée, dit alors le prêtre.

Sloane souleva le voile de la jeune femme et prit délicatement son visage entre ses mains pour l'attirer vers lui. Il y avait une telle ferveur dans son baiser qu'il lui sembla que le sol de dérobait sous ses pieds. C'était un serment d'amour, un gage d'éternelle fidélité, une communion totale qui promettait une félicité infinie.

Le prêtre conclut le service et ils sabrèrent le champagne pour fêter l'heureux événement, avant de passer à table. Le repas était simple mais succulent, constitué de fruits de mer, de merveilleuses salades composées, et d'une superbe pièce montée que le pâtissier du restaurant avait dû passer la matinée à préparer.

C'était sans doute l'un des mariages les plus intimes qui ait jamais eu lieu, songea Suzanne avec ravissement. Mais c'était aussi le plus beau jour de son existence. Malheureusement, songea-t-elle, le rêve prendrait bientôt fin et elle devrait quitter cet endroit magique et rentrer à Sydney...

Sloane la prit par la taille et la ramena vers leur bungalow, la portant pour lui faire franchir le seuil. Une fois à l'intérieur, il l'attira contre lui et l'embrassa de nouveau.

— Je ne crois pas que nous ayons beaucoup de temps devant nous, remarqua Suzanne, à contrecœur.

— Tout dépend de ce que nous voulons faire, répondit Sloane en posant un léger baiser sur le cou de la jeune femme.

Elle sentit un frémissement courir sur sa peau.

— Je pense que nous devrions nous changer et finir nos bagages, murmura-t-elle.

— Nous changer, peut-être... Mais il est hors de question de faire nos bagages, déclara Sloane. Nous sommes trop bien ici pour en partir si vite.

— Mais je dois reprendre mon travail demain, protesta Suzanne sans grande conviction tandis que Sloane la couvrait de baisers. Et je suis sûre que tu as des piles entières de dossiers qui t'attendent ! Ce n'est pas possible, conclut-elle avant qu'il ne la fasse taire d'un baiser.

— Si, c'est tout à fait possible, au contraire. Il m'a suffi de quelques coups de téléphone...

— Mais tu ne peux pas..., commença-t-elle.

— Je l'ai pourtant fait !

— Et mon cabinet ? Que leur as-tu dit ?

Sloane massa doucement la gorge tremblante de la jeune femme et la courbe de sa mâchoire avant de répondre.

— Je leur ai dit la vérité... Ils t'ont donné une semaine de vacances avec leur bénédiction et tous leurs vœux de bonheur.

— Jusqu'à quand pouvons-nous rester ? demanda Suzanne, folle de joie.

— Jusqu'à vendredi... J'ai une affaire à plaider dans l'après-midi.

— Oh, Sloane, je t'adore ! s'exclama-t-elle en le serrant contre elle avec effusion. Tu ne sais pas à quel point...

— Montre-le-moi, suggéra-t-il avec un sourire malicieux.

— Promis! Mais avant, nous devons aller dire au revoir à Trenton et à ma mère...

— Et ensuite?

— Eh bien... Le mariage est un jour vraiment très spécial pour une femme, tu sais, dit-elle avec un sourire moqueur. Quelque chose dont on se souvient toute sa vie... Alors, il n'est pas question que je rate les différentes étapes, sinon je le regretterai toujours. Voyons..., ajouta-t-elle en faisant mine de compter sur ses doigts. Nous avons bu le champagne... Il me reste donc à danser avec mon époux et à lancer mon bouquet. Ensuite, je te laisserai prendre l'initiative.

— D'accord, acquiesça Sloane en riant. Je ne voudrais pas que ce mariage déçoive tes attentes!

Suzanne sourit. En vérité, il dépassait au contraire tous ses rêves les plus fous...

11.

Sloane et Suzanne accompagnèrent Trenton, Georgia et le prêtre jusqu'au ponton et échangèrent des adieux émus.

— Promettez-nous de nous écrire de Paris ! insista Suzanne en les embrassant tendrement.

— Juré, répondit sa mère en montant sur le petit bateau.

Ils le regardèrent s'éloigner lentement vers Dunk Island, puis Sloane prit Suzanne par la taille :

— Allons nous promener sur la plage, proposa-t-il. Et pas d'escalade sur les rochers, cette fois ! ajouta-t-il en riant. Si tu continues à te faire des bleus, on croira que je te bats !

— Moi, je crois plutôt que tu ne veux pas que je me dépense trop avant notre petite sieste, lui dit-elle avec un sourire moqueur.

— Pourquoi ? Tu penses que ce sera si fatiguant que cela ?

— J'en suis certaine... Autant pour toi que pour moi, d'ailleurs, précisa-t-elle en riant doucement.

Ils marchèrent ainsi le long du rivage, tendrement enlacés, puis ils décidèrent d'aller nager dans la piscine avant de retourner à leur bungalow pour faire l'amour et s'endormir ensemble. Les événements de ces derniers jours les avaient épuisés et ils n'émergèrent de leur sommeil que vers 19 heures. Déjà, le soleil déclinait à l'horizon, baignant leur chambre d'une chaude lumière dorée.

— Il est tard, murmura Suzanne.

— Qu'importe, à présent ? demanda Sloane en lui caressant doucement la joue. Nous avons la vie devant nous...

— Oui, et je crois qu'il serait merveilleux de la commencer par un petit dîner aux chandelles !

Quelques minutes plus tard, ils s'installaient donc sur la terrasse du restaurant, en face de la mer dans laquelle le soleil se noyait lentement, jetant ses derniers feux sur la baie. Ils commandèrent une bouteille de champagne et partagèrent un repas léger mais délicieux tout en se dévorant des yeux.

Alors qu'ils finissaient leur café, une musique s'éleva derrière eux et Suzanne reconnut les premiers accords d'une valse.

— Je crois que tu avais parlé de danser ? lui rappela Sloane en se levant pour l'inviter.

Le cœur battant, Suzanne se serra contre lui, heureuse de le sentir si proche d'elle. Tandis qu'ils évoluaient lentement au rythme de la musique, elle songea une fois de plus qu'il était l'homme le plus séduisant du monde. La façon dont il anticipait la moindre de ses envies avait quelque chose de magique. C'était comme s'ils ne faisaient qu'un, comme s'il comprenait instinctivement ce qu'elle désirait. Une fois de plus, elle bénit la Providence qui l'avait placé sur son chemin...

Sloane sentit Suzanne mettre sa tête sur son épaule et déposa un baiser dans ses cheveux. Il ferma les yeux, s'abandonnant enfin à la joie d'être avec elle. Dire qu'il avait failli la perdre... Le simple fait d'imaginer sa vie sans elle lui paraissait à présent un insupportable cauchemar.

Savait-elle seulement à quel point elle comptait pour lui ? A quel point il était prêt à tout lui offrir ? Dès l'instant où il l'avait vue, il avait compris qu'il y avait quelque chose de différent en elle, quelque chose qu'il désirait plus que tout au monde.

Jamais encore il n'avait envisagé de passer sa vie avec une femme, mais leur relation avait été si pure, si extraordinaire qu'il avait fini par ne plus pouvoir se passer de sa simple présence. Il n'y avait aucun faux-semblant en elle, juste cette honnêteté infinie qui était l'apanage des âmes les plus nobles.

Il comprenait à présent ses propres erreurs. Peut-être aurait-il dû se montrer plus patient. Peut-être aurait-il dû lui prouver plus tôt combien il l'aimait. Mais lui-même n'avait compris l'intensité de ses sentiments que le jour où il était rentré pour trouver son appartement déserté.

Les semaines qui avaient suivi avaient été vides, terriblement vides d'elle. Chaque objet lui rappelait son intolérable absence. Durant des nuits entières, il avait rêvé d'elle, hanté par cette perte qui faisait de lui une ombre, un fantôme perdu au milieu d'une vallée de larmes amères.

Pour la première fois de sa vie, il avait eu peur. Peur de ne jamais la revoir. Peur qu'elle l'ait quitté pour quelqu'un d'autre... Elle ne lui avait laissé ni adresse ni numéro de téléphone, juste ce mot insensé qui lui avait déchiré le cœur.

— Je crois qu'il est temps de jeter ton bouquet nuptial, dit-il alors que la musique prenait fin.

Il la laissa s'éloigner, la regardant avec fascination

gagner le buffet où elle prit une poignée de fleurs de frangipanier et d'hibiscus.

— A qui dois-je le lancer ? demanda-t-elle en riant, les yeux brillants de bonheur.

— Attends une minute...

Il alla chercher le personnel de l'hôtel et leur expliqua ce qu'il attendait d'eux. Un sourire amusé aux lèvres, ils s'alignèrent contre le fond de la pièce, se prêtant avec bonne grâce à ce jeu innocent.

— Ce n'est pas vraiment un bouquet, remarqua Suzanne avec amusement en regardant le petit tas de fleurs.

— Je ne crois pas que ce soit très important, répondit Sloane en souriant.

Suzanne éclata de rire et, tournant le dos, jeta les fleurs dans la direction des employés de l'hôtel. Deux d'entre eux les rattrapèrent et se regardèrent en riant.

— Bien, dit Suzanne en prenant son époux par le bras. Je crois qu'il est temps pour nous d'y aller.

Dehors, la lune jetait des reflets argentés sur les feuilles bruissantes de la forêt, illuminant d'une douce lueur le sentier qui menait à leur bungalow. Serrés l'un contre l'autre, ils rentrèrent à pas lents, goûtant leur joie d'être ensemble, seuls, sous les étoiles.

Suzanne était aux anges, s'abandonnant avec délices à la caresse de la brise et à celles de Sloane, qui la tenait enlacée contre lui. Ils parvinrent bientôt à la porte de leur bungalow et elle la poussa, frémissant à l'avance de la nuit d'amour qu'ils s'apprêtaient à passer.

Mais, lorsqu'elle alluma la lumière, elle resta figée par la stupeur. La pièce était remplie de dizaines de bouquets de roses rouges artistiquement disposées dans de grands vases sur les meubles. Leur parfum flottait dans l'air, subtil et entêtant, et Suzanne sentit ses yeux s'emplir de larmes tandis qu'elle se tournait vers Sloane avec un regard émerveillé.

— Il fallait bien que je m'occupe pendant que tu discutais avec ta mère, ce matin, expliqua-t-il. Et je me suis dit que cette chambre était un peu triste...

— Il y en a tellement ! murmura-t-elle en avançant au milieu des fleurs, caressant au passage leurs pétales soyeux.

Sloane la rejoignit et la prit doucement dans ses bras, la forçant à lever les yeux vers lui.

— Chacune d'elles représente une année de bonheur que je veux passer avec toi, mon amour, lui dit-il doucement.

Suzanne l'observa longuement et lut dans ses yeux la passion qui y brûlait ainsi que mille promesses d'avenir. Finalement, elle l'embrassa tendrement. Mais ce baiser enflamma la passion qui couvait entre eux, éveillant soudain leur désir.

Sloane souleva la jeune femme et la porta jusqu'à leur chambre. Là, ils se déshabillèrent fébrilement, s'interrompant parfois le temps d'un autre baiser. Lorsque enfin ils furent nus, face à face, sur le lit couvert de pétales de roses, Sloane prit une fleur et caressa doucement la joue de la jeune femme avec, avant de la laisser glisser sur son cou et entre ses seins, où il s'attarda. Puis la rose glissa le long de son ventre, éveillant un long frisson qui la parcourut tout entière.

Enfin, les pétales effleurèrent le cœur de son désir, la faisant tressaillir violemment. Jamais caresse n'avait été aussi douce, aussi délicieuse et il lui sembla que tout son corps brûlait d'un feu immense qui la dévorait sans pitié. Elle se laissa emporter, luttant contre l'envie qu'elle avait de se jeter sur Sloane pour le sentir glisser en elle.

Elle poussa un gémissement sourd, se mordant la lèvre. A cet instant précis, Sloane entra en elle en un long mouvement et il sembla à Suzanne que le monde se désagrégeait, disparaissait soudain dans une vague rugissante de bonheur.

Lorsqu'il commença à bouger en elle, très lentement, elle cria son extase, incapable de contenir cette sensation délicieuse de vertige qui l'emportait vers Sloane. Se serrant contre lui, elle eut l'impression qu'une éternité s'écoulait avant qu'il ne la rejoigne, s'abandonnant à son tour à la magie de ce moment.

Tous deux retombèrent sur le lit intimement enlacés, frémissants et heureux. Sloane continuait à caresser doucement la peau brûlante de sa compagne que recouvrait à présent une fine pellicule de sueur. Elle aurait voulu rester ainsi pour toujours, dans les bras de l'homme qu'elle aimait, tremblant du plaisir qu'il lui avait donné, parfaitement en paix avec elle-même et avec le monde.

— Je t'aime, dit alors Sloane d'une voix rauque. Tu es tout pour moi et je ne pourrais pas vivre sans toi...

— Tu n'auras pas à vivre sans moi, lui promit-elle tandis que des larmes de joie coulaient le long de ses joues.

Il l'embrassa longuement, et ce baiser était comme un serment. Un serment d'amour éternel qui les liait à tout jamais...

Chère lectrice,

Vous nous êtes fidèle depuis longtemps?
Vous venez de faire notre connaissance?

C'est pour votre plaisir que nous avons
imaginé un rendez-vous chaque mois
avec vos auteurs préférés, vos
AUTEURS VEDETTE dans les
collections Azur et Horizon.

Les AUTEURS VEDETTE vous
donneront rendez-vous pour de
nouveaux livres vedette.

Pour les reconnaître, cherchez
l'étoile... Elle vous guidera!

Éditions Harlequin

HARLEQUIN

LE FORUM DES LECTEURS ET LECTRICES

CHERS(ES) LECTEURS ET LECTRICES,

VOUS NOUS ETES FIDÈLES DEPUIS LONGTEMPS?

VOUS VENEZ DE FAIRE NOTRE CONNAISSANCE?

SI VOUS AVEZ DES COMMENTAIRES, DES CRITIQUES À FORMULER, DES SUGGESTIONS À OFFRIR, N'HÉSITEZ PAS... ÉCRIVEZ-NOUS À:

> LES ENTERPRISES HARLEQUIN LTÉE.
> 498 RUE ODILE
> FABREVILLE, LAVAL, QUÉBEC.
> H7R 5X1

C'EST AVEC VOS PRÉCIEUX COMMENTAIRES QUE NOUS ALLONS POUVOIR MIEUX VOUS SERVIR.

DE PLUS, SI VOUS DÉSIREZ RECEVOIR UNE OU PLUSIEURS DE VOS SÉRIES HARLEQUIN PRÉFÉRÉE(S) À VOTRE DOMICILE, NE TARDEZ PAS À CONTACTER LE SERVICE D'ABONNEMENT; EN APPELANT AU (514) 875-4444 (RÉGION DE MONTRÉAL) OU 1-800-667-4444 (EXTÉRIEUR DE MONTRÉAL) OU TÉLÉCOPIEUR (514) 523-4444 OU COURRIER ELECTRONIQUE: AQCOURRIER@ABONNEMENT.QC.CA OU EN ÉCRIVANT À:

> ABONNEMENT QUÉBEC
> 525 RUE LOUIS-PASTEUR
> BOUCHERVILLE, QUÉBEC
> J4B 8E7

MERCI, À L'AVANCE, DE VOTRE COOPÉRATION.

BONNE LECTURE.

HARLEQUIN.

VOTRE PASSEPORT POUR LE MONDE DE L'AMOUR.

ROUGE PASSION

De fiévreuses histoires d'amour sensuelles!

De provocantes histoires d'amour passionnées et romantiques qu'on lit d'une seule traite. Aventureuses, parfois humoristiques, et sensuelles, elles mettent en vedette des hommes et des femmes d'aujourd'hui.

ROUGE PASSION... quatre nouveaux titres chaque mois.

COLLECTION
HORIZON

Des histoires d'amour romantiques qui
vous mènent au bout du monde!

Découvrez la passion et les vives
émotions qu'apportent à la Collection
Horizon des auteurs de renommée
internationale!

Captivantes, voire irrésistibles, ces
histoires d'amour vous iront
assurément droit au coeur.

Surveillez nos quatre nouveaux titres
chaque mois!

Composé sur le serveur d'EURONUMÉRIQUE, À MONTROUGE
PAR LES ÉDITIONS HARLEQUIN
Achevé d'imprimer en août 1999
sur les presses de l'Imprimerie Bussière
à Saint-Amand-Montrond (Cher)
Dépôt légal : septembre 1999
N° d'imprimeur : 1626 — N° d'éditeur : 7788

Imprimé en France